小田 淳

歴史作家 榊山潤

——その人と作品

叢文社

↑昭和55年６月（於横浜中華街）

↓昭和51年３月６日（於神田明神会館）

↑昭和59年４月28日「榊の会」（於神田明神会館）

↓昭和62年１月24日「榊の会」（於神田明神会館）

歴史作家　榊山　潤

——その人と作品——

◆目次

装幀／装画　山本美智代

歴史作家　榊山　潤

――その人と作品――

榊山潤先生は、明治三三年（一九〇〇）一一月二一日、父竹治郎母クニの次男として生まれ、昭和五五年（一九八〇）九月九日にこの世を去った。七九歳一〇か月の生涯でした。

先生が生まれた所は、神奈川県久良岐郡中村町です。久良岐郡中村町とは、いまの横浜市南区中村町のことで、公園に久良岐公園という名が付いて残っている所があります。

本名は源蔵で、次男であったのは、姉や兄が三人いたのですが、三人とも赤ん坊の頃に死んでいるので、戸籍上次男ということなのです。

先生も、子供の頃は身体が弱かったのですが、意地っぱりだったようです。そして、一人っ子はよくないということで、親類の口利きで女の子を貰ったのですが、一年後の先生が一二歳の時、母に女の子が生まれ、それが妹の正世さんです。

先祖は三河国で、吉良上野介の家臣で七十石だったのですが、吉良家が没落後は百姓をしていたようです。墓は三河国幡豆郡横須賀村（いまの吉良町）にあったと、作品「家」（「文人」第五号昭和五七年一〇月）の中に書いていますが、祖父の代になって横浜へ出てきて、父は中区関内で外国人に出張理髪する職人を抱え、四、五軒の床屋を持って、手広く経営していました。その父は、祖父が酒を飲んでいたことをあまり心よく思っていなかったらしく、酒は飲まなかったようです。

その傍ら、浪曲師の初代雲右衛門や、力士の駒ケ嶽。それから将棋が強くて好きだったこともあって、将棋指しや碁打ちなどの人たちを寄食させ、近所の長屋を借りて、老碁打ちに「囲碁将棋クラブ」をはじめてまかせたりしていましたから、相当に派手な生活をしていたと思います。

後年、先生は文壇本因坊として、昭和二八年から昭和四五年までの一八年間の長きに亘り、その地位を確保することになるのですが、その頃寄食していた老碁打ちから碁を習って、七、八歳の頃には、自称三段の大人に三目置かせて勝ったという話もあるほどですから、持って生まれた素質があったのでしょう。そのことを父があまり自慢するので一〇歳位になった頃から全くやめてしまったといいますから、、先生の碁の強さは、備わった天性とともに、異常であったと思います。

「家」(「文人」第五号昭和五七年一〇月)には、次のように書いています。

　私の祖父は、海港横浜に流れこんだひと旗組のひとりで、また、ついに旗をあげることのできなかった大多数のひとりであった。晩年は毎夜大酒をくらい、時には大言壮語して茶碗を叩き割ったりしたが、そのうち腹が脹れ出した。やがて十カ月のはらみ女のようになって死んだ。私は七つ、腸満という病気だと母が言った。

　私の先祖は忠臣蔵で悪名高い吉良上野介のけらいで七十石、吉良家没落後は百姓になった。墓は吉良の旧領三河国幡豆郡横須賀村(いまの吉良町)にあったが、父は遺骨を持って帰るのを面倒として、相沢に一坪に足りない墓地を買った。祖父を葬った日、私は寒椿の小さな木を植え、母は新しい墓石に酒をそそいだ。

「あまりかけるな。骨がめの中で威張り出すと近所迷惑だ」と父がいった。

父は四軒か五軒床屋の店を持ち、それをまわって歩くのが日課であった。祖父に手をやいたせいか、酒は飲まなかった。ただし女の方は分に応じた楽しみ方をしていたようで、そのためよく母と悶着を起こした。もう一つ将棋が好きで、閑をぬすんで熱中した。


私がまもなく小学校を終えようとする頃、行き場のなくなった老碁打ちが転がりこんだ。今考えるとプロ崩れで、碁好きの間を転々として厄介になり、賭け碁を半商売として命を支えてきたのであろう。すこしばかり健康を害して流浪に堪えなくなったらしい。


父は近所の長屋の一軒を借り、老人にすべてをまかせて、「囲碁将棋クラブ」の看板をかけた。かねてから、そんなクラブが欲しいと思っていたのであろう。そこは横浜市中村町、閑人の多いゆったりとした地区だったから、必ずはやると見当つけていたに相違ない。古道具屋を歩きまわって、安い盤を買い集める父の姿に活気があった。

私は老人が、屑屋から汚れたせんべい蒲団を買い入れるのを見た。すでに鍋かまの自炊道具は整っていた。いくらかの浮腫のきている老人の生ちろい顔に、ついの住家を見つけたようなやすらぎがあった。父の予感はあたって、開業の日から相当な客足を見せた。老人は将棋もなかなか強かったから、そこをまかせるには申し分ない存在であった。

老人は決して憶却がらず、ヤニのたまった煙草をぐちゃぐちゃいわせながら、どんな初心者にもていねいな相手となった。老人はまた、碁のいくつかの遊戯を教えた。その一つにこんなのがあった。棋力は互先だが、にぎって負けた方に三子おかせる。中盤か終盤に入った急所で、ただ一手だが、ここへ打てと三子おかせた方が命令する。そうして自分はいいところに打つ。場合によっては相手の大石が死んだりして、どうにもならなかった碁が、痛快に逆転する。私も老人から碁を習ったので、そんなことを覚えているが、この遊戯は大いにはやった。始めから特殊なかけひきが必要であり、盤面の微妙な興味が深まるからである。

クラブは繁盛した。常連はかたまり、新顔もふえた。安住の地ができたせいか、老人はすっかり元気になった。本式に稽古をつけてもらう客も現われ、寝酒の焼酎にも事欠かなくなったようである。父は閑をぬすんでは、そこにとぐろをまいていた。しがない父の生涯のうち、おそらくその頃がもっとも気楽で、よき日々であったろう。

歴史作家　榊山　潤

先生の古い友人に、赤嶋秀雄さんという方がいました。大正七年（一九一八）雑誌「ニコニコ」の編集をしていた頃、先生と知り合い、肝胆相照らす仲と申しますか、辛苦を共にした若い頃からの友人です。明治三三年（一九〇〇）七月一八日和歌山県新宮市生まれの赤嶋さんは、日本大学卒業後国鉄に入り、現在のJR、つまり国鉄の全日本鉄道従業員組合の基礎を組織したといわれている方で『鉄道労働運動史』（叢文社・五二、一、一〇）ほかの著書がありますが、碁には相当自信を持っていたようです。

時事新報社時代に、最初先生に四目置かせて打った時、打つほどに先生の方が段違いに強いことを知り、赤嶋さんが四目置いて打っても怪しくなった。その後、赤嶋さんが日本棋院から初段を貰い、さらに三段になった時も同様で、五段になって挑戦した時も同じような負け方をして、非常に恥ずかしい思い上がった気持ちを反省させられたと同時に、底知れぬ先生の強さを感じ、とうとう生涯一度も勝つことが出来なかったと、先生が逝去した後に、しみじみと話していました。

また、林富士馬さんは、先生の碁について、夫人の父が先生と対局したのですが、一局も勝てずに、徹底してやられ、大尽のように悠々鷹揚な人柄だった夫人の父は、悔しい思いをしていたようだ。特に先生の碁の打ち方は「森の石松」と譬えられるほど激しいので、印象に残っていると、先生への「思い出の一つ」と題して、『回想・榊山潤』(平成三年九月九日・榊の会発行)の中に書いています。

その後、先生の家は火災に会ったり、また、父が知り合いの借金の連帯保証人になって、その知人が失敗した尻ぬぐいをしたりして、不運にも店も家も失う羽目になったのです。そして、西戸部(横浜市西区)へ移転して、母がはじめた駄菓子屋と文房具店で、生活を支えるようになったのです。

当時の状況について、先生は『文人囲碁会』(砂子屋書房・昭和一五年)に、次のように書いています。

　私は家が没落したお蔭で、私は早くから世の中へ出、自分の腕で自分を養って行かなければならなかった。私は横浜で外国人の事務員になったり、職工をしたり、父親とはげしい衝突をして東京へ出て来てからも、食べるためにいろいろのことをした。いろいろの職場で働いた。

「生命を救ってくれた母の映像」(「キング」昭和二七、八年頃)の中では、次のように書いてます。

すっかりぼやけているが、もっとも幼い日の記憶が、たった一つ残っている。父と私が人力車にゆられている。私は父の膝の上で、私の身体より大きい木馬を抱きしめていた。走っているのが横浜の裏町であったことは確かだが、通りの風景も、それが真昼であったのか、夕暮れであったのかも分からない。

私の身体より大きな木馬、立派なたてがみがあって、栗色に塗られた美しい木馬、乗ると本物の馬が走るようにゆれる木馬。幼い私は喜びに溢れて、心は宙を飛ぶようであった。今もそれだけの記憶がかすれながら残っているのは、私のその時の嬉しさが、生涯を貫くほどの深さであったからであろう。

その木馬を私に呉れたのは、私が小母さんと呼んでいた若い女である。もちろん私には、父とその小母さんがどういう知り合いであるかを知らなかった。父は始終その家へ通って行き、時に私を連れて行くことがあった。若い女が他にも二人か三人いて、花やいだ空気であった。私は坊っちゃんと呼ばれて、いつも大変な歓待を受けたようである。

家へ着くと、私は母の処へ駆けつけた。私は息を切らし、恰も凱旋将軍の誇らしさで母に木馬

を示したが、予期に反して、母は喜んで呉れなかった。むしろ浮かない顔をして、

「まあ、そんなに高いものを」

とつぶやいた。若い小母さんが父の何であったかに思い当たり、その時の母の浮かない顔がもっともと考えられるようになったのは、それから二十年も経ってからである。

忘れがたい記憶がもう一つある。確か小学五年生の秋であったと思うが、或る日、学校から帰ると、家の中が変な空気であった。妙にしんとして、両のこめかみに頭痛膏を貼った母が、長火鉢にもたれて坐っていた。気がつくと、箪笥にも、かけ時計にも、母がもたれている長火鉢にも、細長い赤札が貼ってある。

「どうしたの、これ」

と私が訊くと、母は答えた。

「今日から、これがみんな、私たちのものではなくなったんだよ。この家まで」

母はハンカチで目を抑えた。父はいなかった。何か唯ならないことが持ちあがったとは悟ったが、しかし私には、母のいうことが信用できなかった。けれども母の云ったことは本当だった。翌日、小僧も手伝い女もいなくなった。四、五日経って、父と母と私は、場末の小さな家に移った。引っ越し荷物は、母と私の着物と鍋かまの類であった。

母の話によると、父は知合の保証人になっていたが、その知合が大失敗をして逃げてそのため

父が一切の尻ぬぐいをしなければならなくなった。子供心にも、私たちを不幸に突き落したその男を、私は憎んだ。

私の家の転落は、その時から始まった。それまで、私の家には相撲取りも来たし、碁打ちや将棋さしが、一週間二週間と泊まっていたことも珍しくはなかった。父は将棋が素人初段であったから、そういう人たちを歓迎した。未だそれほど有名でなかった浪花節の雲右衛門が、時折来たのも覚えている。二間の小さな家に移ってからは、そういう人たちも来なくなった。

父は酒は一滴ものまなかったが、放蕩者であった。女のことでは、ずいぶん母を悩ましたのであろう。しかしそのことで、父と母が云い合ったということはなかったらしい。父は暴君で、些細なことにも母を怒鳴りつけた。それに対して、たとえ言葉の上だけでも、ヒステリックに母が立向って行ったというような情景は、私の記憶には一つもない。

私たちは再び、もっと場末の町に移り、母はそこで駄菓子屋と安文房具の小店を開いた。近くに小学校があった。父は転落の痛手から、立ち上がれなかったのであろう。近所の碁会所へ行って、将棋ばかりさしていた。思うにその頃は、その店の収入だけで、私たち一家の生計を立てていたのであろう。その店をやるようになってから、母の顔は明るくなった。貧しいながら暮らしのメドが立ったという点もあったろうが、それにも増して、母は子供が好きだった。

今も、夕方の散歩の折、ふとせせこましい裏通りに出て、幼い子供たちの集まる貧しい駄菓子屋の店を見ると、私の胸はさびれた懐かしさにひきしまる。

私はひとりっ子であった。上に三人あったが、みな赤ん坊のうちに死んでしまった。ひとりっ子はよろしくない、と親戚の口ききで、女の子を貰ったのはその頃である。七つであった。その子の父親は横浜の市会議員で、母は芸者であったというが、詳しいことは私は知らない。女の子を貰って一年経つと、諦めていた母に子供が生まれた。女の子であった。

また、「家」(「文人」第五号昭和五七年一〇月)には、次のように書いています。


……やがて、常連のあいだから、もうすこし広いところに移ったらどうか、という話が持ちあがった。父もその気になって、手頃な貸家を見て歩いた。そんな時、父にとって命とりの事件が起こった。

事の詳しい経緯を私が知る筈もないが、母からきいた話を簡単に書くと、知合から借金の保証人を頼まれた。たいした金額でもないので、父は承知し、判はクラブでおすことにした。母に反対されるのを恐れたのだ。

次の夜知合は借用証書をもってやってきた。父は勝負どころにさしかかった将棋に熱中して、判を知合に渡した。知合は勝手に判をおし、三拝九拝して帰って行ったが、間もなく家をたたんで行方をくらました。父は始めて、借用証書に書かれた金額が、話よりケタ外れな高額であったことを知った。父の夢中癖をよく知っている人間の巧妙な奇術的詐欺であった。うろたえたが後の祭で、処置はなかった。

警察にも訴え出たが、何のたしにもならず。つまりは連帯責任をとって、父は持っていた床屋の店をすべて手放し、クラブも居抜きのまま人にゆずった。老棋士のことは新しい持主にくれぐれも頼んだというが、私たち一家が西戸部に移ると、一銭の慰労金もなく追い出された。老人は西戸部の家に挨拶にきた。

「これからどうする」

帰る故郷もなければ、頼る血筋もない。老人が天涯孤独の身の上であることは分かっている。しかし今の父にはもう、何をしてやる力もない。

ところで老人の方は、今度の事件に責任を感じていたらしい。自分のために作って貰ったクラブが、父の災難の種になった。まことに申訳ございませんと両手をつき、父の前にふかぶかと頭を下げた。思い入った姿であった。老人は挨拶というより、父に詫びにきたのである。

「それはちがう。あんたがあやまることはない」

父は困って手をふった。

「それより、当座の行先はあるのかね」

「なんとでもなりましょう。どうぞわたしのことは御心配なく。綱渡りみたいな身すぎ世すぎは慣れっこです。これから褌を緊めなおして、もう一度賭け碁の世界に入って見るつもりです。うまく行けば、死に花も咲くというものです」

金のある碁好きが、これぞと思うアマ棋士のスポンサーとなって、大枚の賭け碁を打たせることは、横浜でもはやっていた。もう一度その世界に踏み込むというのである。だが、この老棋士にスポンサーがつくだろうか。

「そりゃあいい。その元気があれば、申し分ない」

老人は父の出した心だけの餞別も受けとらなかった。クラブで溜めこんだ金もあったのであろう。では、と坐り直して

「それではこれでお暇を。長い間ご厄介になりました。ご壮健で――」

顔をあげた老人の目に、ちらっと光るものがあった。恰度その時、まだ荷物が片づかないで雑然としたその部屋に、私が入って行ったのだ。老人は私の肩を叩いていった。

「あんたも元気で。碁も強くなってな」

帰る足どりもしっかりしていたが、それっきり老人の消息は絶えた。

その頃の先生は、父と意見が合わずに言い争ったり、不良と喧嘩したりして、などと言われていますが、家の事情が悪化し、人生の夢もくずれさり、自分の手で自分の生活を支なければなら

ない状態に陥り、結局通っていた中学を途中でやめてしまったのです。

そして家族は、さらに川和（横浜市緑区）へと移転したのですが、先生はひとり西戸部に残って、三畳の部屋に間借り住まいをして、雑貨屋の店員、電球工場の職工をしたり、職を転々と変えていました。やがて世話をしてくれる人がいて、海岸通りの外人商館に務めるようになったのですが、働きながら横浜ＹＭＣＡで学んでいたのです。

「家」（「文人」第五号）に、当時のことを次のように書いてます。


私の一家は西戸部からさらに郊外の川和に移り、私は西戸部に止まって三畳の部屋を借りた。まる二年クラブを育てた老棋士の夢もくずれたが、私の人生の夢もくずれた。中学課程で学校をやめ、わが手でわが命を支えなければならなかった。母が毎月、溜めていたヘソクリの中から、わずかな金をおくってくれた。もちろんそれだけでは食えない。私は雑貨屋の店員になったり電球工場の職工になったりしたが、どこも長続きしないで転々とした。第一次大戦で、少年工募集の張り札がいたるところで目についた頃である。

そのうち、世話してくれる人があって、海岸通りの外人商館に入ることができた。給士の見習いのようなものであった。まず第一に英文送り状のコピーだが、これは多少の技術を要した。「拝見」といって、輸出用に買い入れた絹や木綿の反物を、外人の責任者が検査する。傍についていて、ペケになった不良品を、ペケ台に運ぶ。毎日一回、本局の私書箱に郵便物をとりに行く。そういうことが、私に与えられた仕事であった。

やがて、簡単な送り状を書かせてもらうようになった。届いた郵便物を台帳に書とめ、出した郵便費用を別な台帳に書きこむのも私の仕事になった。私は会計からあずかった郵便代と、買った切手を手提げ金庫に保管し帰る時は大金庫の片隅に入れた。

これまでの働き場所はほんの一時しのぎで、それらの間を転々としながら、私の気持は暗かった。人並みに暮らす生活の手がかりが容易に掴めないことに、私は苛だち、早くも絶望に近いものを感じていた。そういう私に、光がさしこんできた。外国商館に勤めることは、横浜庶民の平凡だが夢の一つではあった。最低線ながら、その軌道に乗ることができたのである。

生活の方もいくらか楽になった。月給は母の仕送りを加えると、夜は英語の塾に通い、時には伊勢崎町を歩いて活動を見、シナソバを食べて帰る余裕ができた。それに盆暮れには月給と同額のボーナスが出たし、諸商人からのつけとどけも十円くらいにはなった。万歳であった。

私は西戸部から海岸通りまで、毎日野毛山を抜けて歩いた。母が届けてくれたかすり木綿の着物と羽織、それに角帯という恰好で。その頃外人商館に勤めていた日本人は、渋い結城か何かに角帯の着流しで、洋服を着ているものは殆どなかった。木綿かすりに角帯は私の身分としては当然だが、すこしひどい雨の朝は全身びしょ濡れになった。

野毛山の一部である掃部山には、井伊大老の銅像があった。この銅像は彦根藩有志の手によって建設されたのは、明治四十二年である。大老は横浜開港の責任者だから、市民は建設に協力、在留外人からも多額な寄附が集まった。あたかもその年は開港五十周年に当り、七月に盛大な除幕式を行うことになった。

大正七年（一九一八）の一八歳の時になって、横浜の貿易商カーチス兄弟商会で働く傍らＹＭＣＡで英語を学んでいた頃、矢部という人物の紹介で東京へ出た先生は、「ニコニコ」という雑誌の編集に当たりました。そのことによって先生は、生活路線が全く別な方向へと切り替えられたと伝えています。

「生命を救ってくれた母の映像」（「キング」昭和二七、八年頃）には、次のように書いてます。

……私は十八の時東京へ出た。家の方は頼りにならず、自分で働き、勉強する覚悟であった。しかし世の中の風は甘くはない。食うためには勉学の志も失いがちで、いわば哀れな都市浮浪者の一人になった。

私が東京へ出ると間もなく、家は小机に移った。私は家のことを考える余裕もなかった。父は手紙などめったに書かぬ人であるし、母は手紙どころか、文字も確実には読めなかった。

時折、家のことを知らせてくるのは、義理の妹と本当の妹の、稚くまだるっこい手紙であった。母からはよく、蒲団や着物などを送ってくれた。私は食うに困って、送って来た翌日、その蒲団を屑屋に売ってしまった事がある。

「家」(「文人」第五号)には、次のように書いてあります。

理解しがたい事件があると同様に、理解しがたい人間もある。その人は突如として私の前に現れ、私の生活路線をそれまでとはぜんぜん別な方向に切り換えてしまった。私にとって忘れがたい人である。矢部といった。その風貌は今なお私の心にきぎみこまれているが、おかしなことに、矢部なんといったか、その名がどうしても思い出せない。

と、その当時の模様を書いています。

時事新報社時代に、学芸記者をしていた赤嶋秀雄さんとは、この頃知り合いになったと赤嶋秀雄さんも、「榊山潤の追憶」(『回想・榊山潤』平成三年九月九日榊の会発行)に、

榊山君と私との出会いは、大正七年(一九一八)の夏頃であった様に思う。それ以来、彼

との交友は死ぬまで続いてきた。六十余年にわたる長い交友であった。その間に起こった様々な出来事が走馬燈のようにかけめぐる。

と冒頭に書いてます。

先生の筆名潤という名は、その頃からすでに用いていたようです。大正一二年（一九二三）二三歳の時に、時事新報社発行雑誌「少年」に書いた読物が、生田葵山に認められて、時事新報社に入社し、「少年」の編集者となりました。その年は関東大震災が発生し、池上（東京都大田区）に住んでいた先生は、家族のことが心配になって、その頃先生が東京へ行って間なしに母たちが移り住んでいた小机（横浜市港北区）の家を訪ねて行ったのです。その時の様子を、先生は「生命を救ってくれた母の映像」（キング）の中で、次のように書いてます。

大震災の時、私は池上にいたが、家はつぶれた。逃げ出す時釘を踏みぬいて怪我をしたが、家のことが心配になり、びっこをひきながら、やく七里の道を歩いて小机へ行った。線路づたいに歩いたが、東神奈川の手前で、朝鮮人と間違えられ、三人の警護団員から竹槍を突きつけられた。私はビとピの発音を幾度か試されて、やっと解放されたが、小机の家を探し当てた時、

歴史作家　榊山　潤

母はびっくりしたように目をまるくして、ぼろぼろ涙をこぼした。「よく無事でいて呉れた」と母はつぶやくように云った。私が危い目に遇ったことを話すと、詰らない噂が納まるまでは危ないと云って、一週間私を帰さなかった。

私が母と同じ家に寝て、お喋りしたのは、それが最後であった。間もなく私の家は横浜の場末に戻って、そこでも文房具の店をやっていた。二人の妹も大きくなり、裁縫女学校に通っていたりしたから、どうやら暮らしも安定していたのであろう。

それから先生が時事新報社へ実際に出社したのは、翌年の大正一三年（一九二四）一月になってからでした。

その頃から、足立たつという女性と同棲して、馬込に住んでいました。先生自身も、前述「生命を救ってくれた母の映像」の作品の中で、

……横浜へ戻った知らせを受けても、私は一度も行かなかった。私も時事新報に入ることが出来て曲がりなりにも生計が立つようになっていた。しかし家へは一銭の金も送れなかった。母は私の嫁の心配をしていたらしい。妹から写真を送ってきたことがあった。まことに恥しい話であるが、私はその時すでに、父にも母にも知らせることの出来ない或る女と、ひそかに同

棲していたのである。

と書いていますが、このことについて、当初私は「大衆文学研究会報二六号」（一九八一・五）に先生の年譜を掲載することになった際、前述の内容を載せようか省略した方がよいのかと、迷いました。結局は、雪夫人のご意向を伺った方がいいと判断して、相談したところ、雪夫人は、今となっては事実は事実として残しておいた方がよいでしょう。という結論になって、先生の年譜の中の項目に入れた次第です。

時事新報社では、雑誌「少年」に読物を書いていましたが、その時「少女」の雑誌の方に牧野信一がいました。

牧野信一は、小田原町緑一丁目の生まれで、「父を売る子」「鬼涙村」等の作品を発表した作家で、才能を認められていたのですが、昭和一一年（一九三六）三月二四日の夕方、小田原町緑町一丁目（現小田原市栄町二丁目）の生家の納戸で縊死しています。三九歳でした。文学碑は四〇回忌を記念して昭和五一年（一九七六）三月、小田原の街を見おろせる小田原城山公園の高台の桜の木の下に建立されています。

そうしたことで牧野信一と知り合いになったのですが、先生はその終局として牧野信一の思い出「石になった顔」と題して、追悼文（牧野信一文学碑建立記念誌『サクラの花びら』牧野信一

歴史作家　榊山　潤

の文学碑を建てる会・昭和五一年三月二一日）で、次のように書いています。

富岡にひっこんでから、もうじき四度目の正月を迎える。海と丘に挟まれた土地で、残りすくない余命をのんびりと暮らすつもりでいた。近くのあちこちを歩きたかった。

小田原には古い友達もいる。若い友達もいる。牧野さんの家は今でもあのままか、そのあたりをこっそり歩いて見たかった。しかし、それもまだ、はたさずにいる。

何しろ無頓着で、足はいつも気持通りに動いてくれない。それに、のんきに暮らすつもりが、そうもいかない事情に変った。周囲の事態も変わった。海は埋め立てられ、遠くへ逃げてしまった。

葉山にも古い友達がいた。電話で打ち合せて、出かける約束をしたが、その友達が急に死んでしまった。何しろお互に年である。ぐずぐずしているうちに、さっさと行くところに行ってしまう。

丘にかこまれた土地の冬の午後は、何となく侘しい。冬の午後はいやだ、と牧野さんのいった言葉を思い出す、あの言葉はどこできいたか、馬込村か、銀座の喫茶店でか。それも忘れた。

碑が立ったら、石になった牧野さんの顔を見に、出かけます。

昭和五年（一九三〇）一〇月には、酒のみの祖父を見ていたせいか、酒は一切やらなかったが、派手ずきで放蕩な父とは対照的な、何時も弱々しい感じであった母が亡くなりました。母のクニは、神奈川県秦野の大農の生まれで、実家の母の父が、煙草の畑作での不本意な出来事や、父と結婚してからの生活情況といい、苦労の連続であったと「生命を救ってくれた母の映像」の中でも、先生は母に対する深い想いを切々と述べてます。

……私は母の枕許に坐り、母の生涯を頭にくり拡げた。仕合せの時は短く、不仕合せな時間が長かった。父の放蕩にも目を閉じ、唯一人の息子である私も、頼りにしようと思う頃からずっと離れて暮らした。それほど早く母と別れようとは思いもかけなかった私は、今更に縁のうすかったのを歎き、母に報いることのなかった自分を恥じた。

ずっと幼かった頃、私はひどい熱病に罹った。熱のために小便をする時痛さに私は悲鳴をあげた。その時、母は自分の口で私の小便を吸い取ってくれたという。私の記憶にはないが、後年、父と妹を私の家へ引き取ってから父がよく話してくれた。そういう母に対して、私は何の報いるところもなかった。

昭和六年（一九三一）の秋、同棲していた女性に恋人が出来たりして、このまま一緒に住んでいても意味がない日々となり、不和となって別離。馬込村を出ることになったのです。

その頃のことを、赤嶋秀雄さんは、「榊山潤の追憶」（『回想・榊山潤』）の中で、

その当時、彼等夫婦には別れる話し合いがかなり進んでいることを、彼から直接聞かされた。理由は極めて世間にありがちなことで、彼女（前の妻君）に恋人が出来たこと、その原因の底には二人の生活に感激も何もなくなったことがある。私はその別れ話の立会人になることになった。

別れの立会人と云う役は、八十一歳になる私の生涯の中で、後にも先にもこれが初めてであり、おそらく最後であろう。

と、その時の状況と心境を述べています。

馬込村にいた間には、吉田甲子太郎、萩原朔太郎、尾崎士郎らとの、いわゆる馬込村時代がありました。

萩原朔太郎の夫人は、既に故人ですが、昭和五六年五月の文学者の墓墓前祭の際に、朔太郎と

同じ文学者の墓の中へ、娘さんの萩原葉子さんが納骨されました。

朔太郎夫人が、若い詩人との間に恋が芽生えて家を出る事件は、この時代の出来事でした。私や家内が親交があった、金澤慎二郎さんの話によりますと、夫人の相手の男は詩人で「シン公」と呼ばれていたと言ってました。

金澤さんも慎二郎で、親しい友人たちの間で「シンちゃん」「シン公」と呼ばれていたようです。友人達の間では、「シン公」と呼ばれるその相手は、おそらく金澤慎二郎のことであろうと、感ぐられて、金澤さんは友人達からいろいろと意見されていた、と話してましたが、当の本人は全くそのようなことは身に覚えがないから、平気ですごしていたというのです。

そうしたある日、若い男と連れ立って歩いて逢引している現場を見た仲間がいて、はじめて金澤さんではないことが判明したのですが、一時は大変なさわぎだったと、金澤さんは、その頃の模様を笑いながら話してくれたことがありました。

後年、朔太郎夫人は北海道に住んでいたのを、葉子さんが迎えに行って、世田谷の葉子さんの家で葉子さんと一緒に暮らしていました。結局は葉子さんがお世話したのですが、私は世田谷の家に訪れた折りに、二度ほどお会いしたことがありましたが、大柄の感じで、色白な美人だったと記憶してます。

その頃の先生は、同人雑誌「文学党員」や、中河与一の「新科学的文芸」に加わり、作品を発表すると共に、「近代生活」「作品」等にも書いてました。

先生が雪夫人と結婚したのは、昭和七年（一九三二）四月でした。先生三一歳佐倉雪さん二二歳の時です。

雪夫人は、すらっとしていて背が高くモダンな感じで、闊達と申しますか明るい性格でした。非常に頭の回転が早く鋭い感性の持ち主で、さばさばした方でした。明治四三年一月三日生まれで、後年、先生が作家としての地位を確固たるものとしたと言われる不朽の名作「歴史」の主人公、佐倉強哉の長女で、大学を卒業して一年後のことでした。

雪夫人の父佐倉強哉は、嘉永三年（一八五〇）の旧暦八月六日、東北の岩代國二本松下ノ町に生まれ、昭和一四年（一九三九）一一月一四日八九歳の長寿を全うされて亡くなりました。強哉は、二本松藩士佐倉源吾右衛門の父と同じ藩士平嶋半右衛門の三女母みの、の次男で、幼名次郎太郎、長じて帯刀、後に明治二年三月丹羽長裕公の小姓となり、同年四月東京へ出て芝新網町の藩邸にすみ、六月長裕公より「強哉」と命名された。

強哉の父源吾右衛門は、幕命を受けて天狗騒動鎮撫のために出陣し、元治元年（一八六四）常陸太田竹河原（茨城県）で戦死（三九歳）。従って強哉は、一五歳の時百八十石の家禄を相続し、祖父、叔父二人、叔母二人、母妹弟自分の九人家族を扶養していたのです。剣は一刀流免許皆伝、弓は日置流印西派皆伝、山鹿流軍学、大坪流馬術、西洋砲術までも学んだ。藩主丹羽公の家臣でしたが、時代は明治に移って司法官、退官して弁護士等、多岐多彩な人生を生き抜いた人物でした。

雪夫人は、『佐倉強哉』(叢文社・一九八八、一〇、三〇)の中で、次のように書いてます。

……父の九十年に近い生涯は、いわば三人の人間の生涯といえよう。

武家に生まれ、武士の子として教育され、天狗党の乱で戦死した親の後をついで、一五歳で百八十石の戸主となった。戊辰の戦争に敗れ、封建社会の崩壊と共に禄を失い、窮乏の生活を送り、そのあと自ら志願して西南戦争にゆき、やっと命を拾って凱旋するまでの三十年。これは刀と共に歩んだ武士の生活であった。

敵として戦った政府に恭順、新しい社会に順応して生きるために法律を学び、司法官として各地を転々と任務について、明治を生きた三十年。停年後、弁護士、公証人として自由に生きた三十年。それぞれに違った顔をもった三つの人生であった。

また、雪夫人の話によりますと、福島県の二本松落城の時、最後まで戦ったうちの一人だったが、武芸諸般にわたって長けていた。六〇歳になってスケートを習い始めて上手になり、それ以来スケートを楽しんでいるとか。五、六米もある高い場所から平気で飛び降りるなど、非常に身

歴史作家　榊山　潤

が軽い行動をしていたこともあった。という快活な一面を持っていた人物であったようです。

先生は、雪夫人と結婚した当時のことを、『文人囲碁会』(砂子屋書房・昭和一五年一〇月)に書いていますが、それによりますと、同じ時事通信社で会った頃、お互いに好意を感じていたようです。その年の昭和七年九月に、先生は時事通信社を退職しているのですが、その時、退職金として、一年間位は生活出来る手当を貰ったと書いています。

時事通信社を辞めた原因はといいますと、中村武羅夫の推せんによって「新潮」昭和七年四月号に発表した「蔓草の悲劇」に対して、社内の人々が嫉妬し、それに耐え切れずに退社したとも言われています。

この当時のことを、先生は『文人囲碁会』に次のように書いています。

……時事新報社にいた西澤英一という人は、私にはいちばん新しい「いぢめっ子」の代表と思はれる人物であった。この人は後に編輯部長になり、私が文芸欄の主任という名目を与えられていた頃は、外報部長で文芸欄の顧問であった。この人には、私は徹頭徹尾いぢめられた。にやにやしながら、実に底意地のわるいやり方をされた。若しあの当時死んでいたら、私は地獄の底から、あの男を呪ひつづけたにちがいない。（中略）だが時事新報にも、私をよくかばって呉れた若干の幹部がいた。私は始め調査部に入ったが、後に文芸面をやるようになったのは、当時社会部長をしていた青柳守茂という人の好意からである。私にいくらかの才能のひらめきがあったかどうか私は知らない。そんなことを自分で考えるのも恥ずかしいが、青柳氏は私に小説を書くことを本気ですすめて呉れた一人である。その便宜になるだろうといって、私を文芸面に引き取って呉れた。

また、月刊文芸誌「円卓」（昭和三九年九月号）で、「榊山潤氏に聞く」の中では、

昭和七年、三十一歳の時「蔓草の悲劇」を「新潮」に載せて貰った。当時は文筆で生活を維持するには、今日と違って相当な困難があった。純文学作家として立派にメシを食っていたのは極めて少ない人であった。「蔓草の悲劇」は新聞社に勤めていて片手間に書いたものである。新聞社をやめてやがて片手間が本職になってから、十年くらいは苦労した。原稿料は一枚三円で、年収は三百円か四百円くらい、大家さんが家賃の催促を忘れていたりするような時代だったからやってこられたのだろう。昭和十五年に「歴史」を書き、翌年それが新潮賞を受けた。小説でメシが食えるようになったのはそれからである。

と述べてます。

見方によっては、そうした環境の中へ転身したことによって、創作活動に専念するきっかけとなり、「新潮」に、「新聞社風景―夏日風景」「株式店員と洋裁の女―日本橋風景」と、次々に作品を発表し、町の中における小市民の虚無的な生活態様を、すぐれた作品に仕上げて残しているとも言えます。

先生と雪夫人との出会いは、昭和六年早春、時事新報に学窓欄が出来て、当時東京女子大学の学生だった雪夫人が通信員となって、学内行事の記事を時事新報の編集室へ届けた時がきっかけでした。

その頃の先生は、物質的な面よりも、もっと別な、内面的な苦しみがあったようです。この世の中に生きる有難さが理解できず、自然と生活の道が展けてこなかったら、その時は潔く死んでしまおうと考えていたといって、この当時のことを『文人囲碁会』に、次のように書いてます。


私は失業すると同時に結婚した。甚だ無謀のようであるが、私にとっては決して無謀ではなかったのである。勤めを辞める時にいくらか手当を貰った。それは私の一年以上の生活を楽に

歴史作家　榊山　潤

支えることが出来る程の額であった。しかしそれが何んであろう。長い間特殊な仕事に従事して来て、その狭い範囲内で、仕事を求めるより仕方のない私には、よし一年生き延びられたしても、再び職にありつける見込はなかった。少しばかり小説みたいなものを書いて認められかけていた時代ではあったがそんなもので生活を支えることは不可能とより思はれなかったし、さういう予想さえなし得なかった。先輩知己に泣きついていたら、職もない事はなかったであろうが、実は私には、それ程にして此の世に生きる有難さが理解できなかったのである。私は充実した生き方をして、自然に生活の道が展けて来なかったらその時は潔く死んでしまおうと考えた。その気持を多少好きであった女性に打明けて、いっそ結婚して呉れまいかと相談した。すると、相手の女性は、暫く私の顔を眺めた後に承諾した。学校を出てから田舎へも帰らず、自堕落な生活をしていた彼女は、結局どうして生きて行ったらいいのかに迷いすぎていた挙句、私の気紛れな提案にこれもふと気紛れな情熱を感じたのであろう。

私たちは結婚した。何も知らない親たちは神前で私と彼女の幸福を祈って呉れたのである。その夜熱海の宿屋で、いざとなったら瀬戸内海で死ぬことに決めた、奇妙な新婚旅行であった。

時事新報の学窓欄の通信員であった雪夫人は夫人で、同級生の自殺、心中等、暗い世相の中で死んで行った友人たちのことを想い、前途に救いのない時代であると言ってます。そして、死ぬ時は、一人よりも二人の方が道連れがいていいだろうといった、なげやりな気持ちもあって結婚したというのです。

「夢幻半世紀」と題して、「大衆文学研究会報二六」（一九八一・五）掲載の中で、雪夫人は次のように書いてます。


時事新報に学窓欄ができたのは、昭和六年の早春だった。親しかった友達は退学し、老教授の講義に飽きていた私は、通信員募集の呼びかけに、とびついた。

ある日、学内行事の記事をもっていった編集室で、靴のままの両足を机の上にのせて、回転椅子にのけぞるようにして原稿を読んでいた人を、文芸欄の主任だと紹介された。

「榊山です。お近づきのしるしに、五階にお茶でも飲みにゆきましょう」

「どうもありがとう、おじさま」

「せめておにいさんぐらい言ってほしいね」

そばで学窓欄の主任の村田昇司さんが、

「じゃあ、おれはなんだい」

むっとしたようだが、テレ笑いの表情で、チョビひげをなでた村田さんを見て、学芸部の連中は、はじけるように笑いだした。そのなかには、あとでトンチ教室で有名だった漫画家の長崎抜天さん、吉尾なつ子の筆名で小説を書いた根本芳子さんの若い日の顔もあった。十年選手のヴェテラン文芸記者と、世間知らずで無礼な女の学生との初めての出逢いであった。

その頃、私には、お互いも周囲の人にも、卒業したら一緒になるだろうと思われていた京都の大学院生がいた。だが、いつとはなしに、遠くなってしまった。榊山からは、「一人の人間を完全に理解するためには、多分その人間の生涯を気長に眺めてゆかなくては済まぬでしょう。文学の難しさの片鱗です」

とか、時々は、

「あなたの人間と才能をみとめる。勇気と共に、この世に対する素直さを失ってはいけません」

など意見されるようになり、一年後に学校を出た私は、榊山と結婚した。

今の若い人たちは、おしあわせにという言葉をシャワーのように浴びて結婚式をあげるが、私はこれからが一苦労だとは思っていたが、死ぬときは一人より二人の方が道連れがいていいだろう、ぐらいな投げやりな気持であった。伊豆の旅へ出ても、天城の山には、手頃な枝ぶりの木があるとか、この断崖からとびこめば、間違いなく死ねそうだ、など思いながら歩く、おかしな結婚であった。ピアニストの近藤柏次郎さんは千代梅さんと、小説を書きはじめたばかりの原了さんはゆきずりの女の人と心中した。私の同級生は寮の個室で睡眠薬を飲んで自殺、下級生は警察の取り調べのあと、狂ったまま故里に連れ帰られるという、世相は暗く、前途に救いのない時代であった。

先生は、いざとなったら瀬戸内海で死ぬことを決めていたと言ってますが、昨今の結婚式のように幸せを絵に画いたような式場をはじめ、祝福の渦を巻いたイベント的な式の進行ぶりとは及びもつかない、質素で、大変奇妙な新婚旅行であったと思います。

仲人は、馬込村で村長という敬称があった、明治大学文芸科主任教授をしていたといわれていた吉田甲子太郎であったと、「馬込文士村の人々と私」（一九九四、三、大田区郷土博物館紀要第四号）の中に、雪夫人が書いています。

昭和七年五月三日には、阿部知二、井伏鱒二、尾崎士郎、船橋聖一、室生犀星、岡田三郎らと、徳田秋声宅を肪問し、秋声夫人が亡くなった日を記念した「二日会」をつくり、秋声を励ましています。

徳田秋声は、本名末雄、石川県金沢市横山町二番丁で明治四年（一八七一）一二月二三日生まれですから、その時六〇歳でした。

それが後になって、「秋声会」へと発展し、七月には、同人誌「あらくれ」（昭和七年七月から一三年一月）を発刊することになるのです。

昭和八年になると、佐々木茂索の好意で、新聞四社連合事務局に勤務するようになりました。四社連合といいますのは、北海タイムス、河北新報、新愛知、福岡日日の四社のことです。翌年の昭和九年には、長い間仲たがいしていた父竹治郎さんと仲直りして、父と妹の正世さんを、当時住んでいた東京都小金井市下山谷に引きとり、四人で暮らすようになりました。田中貢太郎を中心に、尾崎士郎、井伏鱒二、坪田譲治、大木惇夫、高田保、鈴木彦次郎、浜本浩らが加わって、随筆雑誌「博浪沙」が創刊されたのも、この年昭和九年の夏八月でした。昭和一〇年七月には、新聞四社をやめ、記者生活に区切りを付けた先生が、小石川区大塚窪町に移ったのは、この頃です。

昭和一一年一二月なって、一緒に住んでいた父の竹治郎さんが亡くなりました。

その間、「新潮」「文芸」へと矢つぎ早に、多くの作品を書いていますが、その翌年の昭和一二年九月になって、日本評論社の特派員として、上海へ渡りました。そして、上海での印象を含め、創作集『をかしな人たち』（砂子屋書房・昭和一二年九月）の「あとがき」に、次のようなことを書いています。

上海の戦禍を見て来て、僕は未だ生ま生ましい心の衝撃を整理できないでいる。僕のこれまでの小市民的人生感情は、根こそぎくつがへされた。僕の小説も、きっと変わって行くだろう。

この小説集には、僕の第一期、いはば文学的揺籃期の、自分に取って捨てがたい作品だけをまとめた。この貧しい里程標の上を、僕は新しい勇躍を以て飛び越えたい。

また、『文人囲碁会』には、次のように書いています。

僕は上海に行って、初めて祖国を感じた。僕の内にも流れていた僕ら民族の血を感じたのである。戦禍の惨たんたる情景を眼前にして、初めて日本を取戻した。これは貴重な体験であり恐らく僕自身の新生をうながすに足るものであった。僕らの民族も今、時代的苦悩と尊い犠牲の中から、新生の鼙を鳴らしつつあるのである。如何によりよき新日本を造るべきか。文学の任務と文学者の覚悟と、同時に新しい文学の戦ひは、すべて其処に力をおかなくてはならない。多分の小市民性を含んだ文化は、みぢんに叩きつぶされるだろう。強力な文学は、文学的職人気質のうちに胎まれはしないだろう。民族の基礎の上に立って、真によりよき市井の共存に対する熱意と闘ひの精神から、今後の文学は生まれるにちがいない。

この頃の先生の作品は、市井、小市民の中に融け込んだ作品から、ルポルタージュや社会小説、そして、歴史小説へと境地を展いています。

即ち、昔話を材題とした「サル蟹合戦」（昭和一二年四月）「桃太郎出征」（昭和一二年一〇）、それから「苦命（クーミン）」（昭和一三年二月）「慶応四年」（昭和一三年七月）、そして、「歴史」（昭和一三年一〇月）がそれらを代表とした作品として発表しているのです。

「サル蟹合戦」は、子蟹が父蟹の仇を討とうとして焼死し、鴉どもが作り上げた大義名分のために、子蟹を助けようとした蜂は臼、栗の援軍と共に、猿に親蟹を殺された子蟹に加勢し、仇を討とうという話です。

戦が終ると、二匹の蜂が死に、子蟹も命を落とす。しかしながら、合戦とは全く無関係な蟻は、蟹の父子、蜂の死体に群がって肉を漁り、自分の巣の中にまで運び込む。合戦とは関係ない蟻が利益を上げるといったストーリーです。一体大義名分とは何であるかを問い、現代の社会に対する風刺とも言える作品ではないかと思います。

「困った弟子」（昭和一三年一月）という作品は、「西遊記」から題材を得たものと思いますが、経文を取りに行くという大義名分のため、八戒は妻たちと別れる。妻は路頭に迷い、家族は離散してしまう状態へ陥り、ちりぢりになってしまう。八戒の中にある大義名分とは何かの問いかけであり、経文を利用する気などさらさらない八戒にしてみれば、妻たちと別離してまで経文を取りに行くという大義名分は、何の意味もないことであったわけです。

これらの作品は、当時の社会風潮に対する風刺であったと言える作品ではないかと思うのです。

歴史作家　榊山　潤

昭和一三年八月には、月刊随筆誌「博浪沙」が再刊され、尾崎士郎、井伏鱒二、榊山潤、鈴木彦次郎の四本柱が相談役となり、田岡典夫が編輯印刷兼発行人となった。

「博浪沙」は、第一期昭和九年八月から一〇年四月まで七回「博浪沙通信」タブロイド版で発行。第二期は、昭和一一年一〇月から一二年五月まで七回「博浪沙通信」タブロイド版で発行。第三期は、昭和一三年八月から一七年四月まで四五回、月刊雑誌「博浪沙」A5判で発行。第四期は、昭和一七年六月から一八年一〇月まで一五回「博浪沙」タブロイド版で発行しています。

同じ年の昭和一三年七月には、「慶応四年」、一〇月には「歴史」などといった作品を発表していますが、先生はこの時期から本格的に歴史小説へ入っていったと思います。

その間には、長女紀さんが昭和一〇年三月に、長男隆さんが昭和一四年一月に生まれ、充実した家庭生活へと向かっております。

昭和一四年一一月一四日、「歴史」のモデル、つまり雪夫人の父、佐倉強哉が亡くなりました。後年の昭和六三年（一九八八）一〇月に、雪夫人は『佐倉強哉』（叢文社）を書いてますが、前にも触れましたがこの人物ほど、様々な世の中を多彩に生き抜いた人はいないと、染み染み感じます。

先生が、昭和一三年一〇月「新潮」に発表した二百枚の小説「歴史」は、血と破壊の中をくぐり抜けて生きた青年藩士片倉新一郎が、その後変貌していく世の中をどのように生きてきたのか、それを中心軸に置いて、一国の転換期にのぞんだ人間が、様々な運命に遭遇する状態を克明に書いているのです。勝った官軍が必ずや将来を保証されていた訳ではなかったのです。無視されたおびただしい個人の運命の、その課程の中には累々とあるのです。

そのような混沌とした中にも、次第に一つの道筋を開拓してきた、明治中期までの個人と時代との交じり合う線で描いたのが「歴史」で、一大叙事詩でもあると思います。

先生の「歴史」について、雪夫人は、著書『佐倉強哉』の中で、学生の頃のことを書いている中に、次のような内容があります。

……この夏休みに、私は始めて明治維新を調べて、奥羽同盟のことをリポートして、提出した。このたった三十枚の原稿が、父を喜ばせ、榊山の「歴史」となり、今も私の生き甲斐になっている。

と書いていますから、雪夫人のリポートは先生の資料としても活用されたのではなかろうかと、推側できますが、先生は、上海戦線を見て帰国する船の中で、これらの構想が展開した、と話していました。

榊山潤論を書かれた相模女子大学教授志村有弘さんの文章の中にもありますが、歴史というものは、亡びるものは当然のごとく亡び去るものであると思います。しかし、恒久的に美しいものは決して消え去るものではないと思うのです。

江戸から東京へと移り変わる世の中にあって、二本松藩士片倉新一郎の生きる姿を描いた「歴史」の中には、亡びる時代と共に亡び去った、藩主丹羽長国。そして、死に場所を求めてさ迷う人間の姿を描く中で、家老の丹羽丹波は、戦さに敗れた現実を認め、時の流れに身を任せながらも迎合することによって、生きている姿を描いているのです。

つまり、人間は権力を失っても、人間性の持つ真の美しさは、歴史という偉大な流れの力を持ってしても、亡ぼすことが出来ないと言っているわけです。

尾崎秀樹さんは、榊山先生と『歴史文学への招待』（南北社・昭和三六年三月）を編さんしていますが、その中で「昨日と今日の問題」と題して歴史文学論を展開し、「歴史小説も人間の探究であり、あるいはその時代の真実追求であると考えれば、今日を、題材とする小説と少しも違いもない」と述べて、「今日は切り離された今日ではなく、昨日に続く今日である」と述べています。そして、「昨日と今日の間題―歴史小説試論」（『歴史文学への招待』）の中で、歴史文学について、先生は、「歴史小説も人間の探究であり、或は時代の真実の追求であると考えれば、今日を題材とする小説とすこしのちがいもない」と述べ、「不運な待遇をうけた歴史上の人物はいくらもいる…（中略）これら不運な人物を正しい位置におき換えることも歴史小説の任務の一つである」といってます。

さらに、歴史書に対しての見解について、次のようにも述べています。

歴史の中の人間を、体臭を以て描き得るのはやはり、小説である。その時代を人間生活によって活き活きと表現するばかりでなく、時代の流れと起伏をとらえて、そこに事実以上の真実をとらえるのも、小説の任務である。とかく歴史書には、人間は思想や動向の中に埋れがちである。人間の歴史に人間が埋れがちなのはおかしな現象だが、それを補うのは小説において他にはない。史家は事実の外に一歩も足を踏み出せないからである。これまで、純文学の作家の歴史小説は、多く断片的であった。これからは、人間生活を主体としながら、或時代全体をとらえたような大作品が生まれるだろうし、生まれければ本当ではない。

歴史小説とは、まさにその通りであると思いますが、歴史小説に取り組んだ先生の考え方を如実に表していると思います。

このように、二本松藩士片倉新一郎の軌跡は、幕末から明治にかけて、激動する世の中を背景に、武士の浮沈というだけの問題をとらえて扱ったものではなく、もっと広汎に亘る内容を含んでいると思うのです。

先生は、第一部を書き終わって「文学者」の同人になり、第二部は、「文学者」に連載しています。そして、第三部は、戦後になって、書き上げたものです。

「歴史」が「新潮」に発表された当時、徳田秋声をはじめ、佐藤春夫、吉田甲子太郎、亀井勝一郎を感嘆せしめ、歴史小説を得意とする作家が登場した、と賞賛しています。

吉田甲子太郎は、「「歴史」をほめる」(「博浪沙」十月号・昭和一三、一〇、五発行)と題して、次のように書いています。

榊山潤が新潮の十月号に、「歴史」二百枚を書いたという廣告が新聞に出たので、早速読んで見たところ、近頃になく感心した。

榊山君は元来才人で、此間出版した短編集「をかしな人たち」もなかなかうまいものだが、實はうまくなったというだけで、この作家の病所がまだ完全に征服されたとは思へなかった。病所とは小説に嘘があることだ。もっとハッキリいへば心にもないことを書くことだ。感じてもいないことを感じているように書いたり、信じてもいないことを信じているように書いたりするのが、作家として致命的な病所なことは論のないところだが、遺憾ながら榊山君には作家として多少かういふ傾向がないとはいへないやうに僕は思っていた。これを克服することは容易な業でなく、これが出来たら作家としてやや一人前になったことになる。榊山君がそこまでゆけるかどうか危む気持が僕にはあった。

ところが「歴史」は僕のその杞憂を一蹴してくれた。これが僕の「歴史」に感心した消極的な理由だ。

感心の積極的理由も大いにある。

第一に「歴史」という表題は一見コケ嚇しに類するが、この小説の場合では決してコケ嚇しに終っていないということだ。作者の眼がちゃんと「歴史」のうごきを見ている。

「歴史」の動く時にはかういふ動き方をする。個人の意志や感情とはかういふつながり方しかしないものだ。さういう眼が作品全体を通して常に光っている。

第二に小説の筋立てもなかなかおもしろく、且つコンシステントだ。かなり自然に運ばれながら破綻していない。

第三にこれだけの長さを持ちながら描写が最後までも張りきっていて、作者の気魄に緩みがない。

第四にテーマも人物も物語の筋もキチンと一点に緊縮統一されて、短編小説としての味を純粋に保っている。

僕が特におもしろいと思ったのは二百枚の短編小説として成功していることであった。これだけの長さがあると、なかなか此意味での成功は企てにくい。ポーは「一気に読み通せる程度の短編の長さは制限されなければならない」と云ったかと思ふが、それは作品から来る印象の統一を破ることを恐れたからにほかならない。

だが「歴史」を見ても、短編の長さは五十枚以下とか六十枚以下とか具体的な枚数で制限することが出来ないことがハッキリ分かる。五百枚の短編小説、三百枚の長編小説という言葉だって成り立つわけだ。

無論「歴史」には欠点もある。悪くいはうと思えばいへないことはないであろう。だが僕はほめる積りで書いたのだから、欠点にはふれない。旧友榊山の成功に拍手を送りたいのだ。

「歴史」によって、「第三回新潮文学賞」（昭和一五年三月五日受賞）を受賞した先生は、その時四〇歳で、作家としての地位を確固たるものにしたのです。

昭和一四年一月に創刊された「文学者」の同人となった先生は、田辺茂一、岡田三郎らと編集にあたり、仲間には中村武羅夫、室生犀星、丹羽文雄、伊藤整、福田清人、尾崎士郎など、二三人が加わっています。

その頃の先生は、毎月作品を発表すると共に、二月には短編集『挿話』、そして『歴史・第一部』（砂子屋書房）から刊行されています。

昭和一五年一〇月二三日には、次女の克さんが誕生しています。その翌年の昭和一六年一二月になって、住んでいた小石川区窪町から豊島区池袋へと転居しました。

昭和一六年には「旧山河」「歴史小説の薄弱性」を「文芸」になど、数々の作品を発表。昭和一五年六月から「都新聞」に小説「春扇」を連載していたのが、新潮社から刊行される等、昭和一四年（三九歳）から昭和一六年（四一歳）にかけては、精力的にぼう大な作品を書いています。

なかでも昭和一六年九月刊行の長編小説『天草』は、信仰と人間といった普遍的な問題を、切支丹、迫害、いずれとも偏向しない立場で、冷静に見詰めて、切支丹禁制時代について殉教者の心理を緻密に書いているのが、印象に残ります。人間のなやみを克明に表現しているのです。

豊島区池袋二の九三一番地に転居した三日後の、昭和一六年一二月一八日徴用令状がきました。一九日に東京府庁へ出頭すると、富沢有為男、浅野淵、大宅、平野、大木らがいたと、日記に書いてます。南方派遣軍に配属された先生は、サイゴン、バンコック、ラングーンと転戦しています。

昭和一七年夏には、陸軍航空隊の報道班員として、戦記出版のため内地にかえりましたが、内地の各地で講演中に肝炎で倒れ、病院に入院し、間もなく徴用解除になりました。その頃になると、空襲が激しくなってきました。

昭和一八年九月には、次男の譲さんが生まれ、翌年の一九年三月になって、家族ともども福島県二本松に疎開。八月には同じ福島県安達郡岳下村西谷へ転居し、その後、昭和二一年一〇月一三日には、福島県二本松町四ノ丁七八に転居しています。

福島県の二本松は、雪夫人の生家がある処ですが、そこでは「山村記」など、多くの作品を発表しています。

やがて、終戦になって、昭和二二年一一月、疎開先の福島県から、先生だけ単身上京。豊島区西巣鴨一ー三二七七の西巣鴨荘六号館に住んで、数々の作品を発表していたのですが、それから翌年の昭和二三年五月に、西巣鴨二ー二四五八にバラックを建てて、家族が上京、ようやく一緒に住むことが出来たのです。

この頃の先生は、昭和二二年一月に敗戦後の体験記「私は生きてゐた」（萬里閣）を書いたのですが、総司令部の検閲で削除され、原稿をずたずたにされて以来、数年間、創作意欲を失い、専ら碁の観戦記を書いて生活していました。

その当時の様子を、雪夫人が「夢幻半世紀」（大衆文学研究会報二六号）の中に、次のように書いてます。

二度の従軍を経て、充実したものが書けるようになったかと見えた夫は、戦後、マッカーサー司令部の検閲で削除され、ずたずたになった原稿を見てから、人間が変ってしまったように創作意欲を失い、芸が身を助けるほどの不幸せはこれかと、苦笑しながらも、食べるために碁の観戦記ばかり書いて暮していた。

しかし、昭和二三年の一月には、短篇集『女風俗』を刊行。四月一七日には、疎開地を離れた記念として、「榊山潤賞」を、宗像喜代治「戦争と抒情」に贈っています。

昭和二四年一〇月には「果しなき汐路—少女小説」。昭和二六年八月には『歴史—全』等の刊行があり、その他に作品を多数発表し続けています。

再び歴史小説に主力をそそがれた先生の作品、歴史小説『明智光秀』『戦国艶将伝』等が刊行されたのは、それから暫く経った、昭和三〇年です。

昭和三二年一月には『毛利元就』を刊行。一方では、昭和小説『街の物語』を刊行する等、現代物の仕事も精力的に行っています。

次いで、昭和三三年六月には『名将言行録・源平南北朝』、七月『同・戦国風雲時代』、一二月『乱世の人』『築山殿行状』を刊行。

一方では、昭和二八年に創刊された「文芸日本」の編集責任者として大鹿卓さんの後を受け持っています。

「文芸日本」は、昭和二八年に創刊されましたが、正しくは大正一四年四月と、昭和一四年六月の二度に亘って発刊されたことがありますから、再刊と言うべきでしょう。

尾崎秀樹さんの「榊山潤の「歴史」」(『回想・榊山潤』平成三年九月九日・榊の会)によりますと、大正一四年四月創刊の「文芸日本」は、岡田三郎が編集発行人となった文芸誌で、一年経たないうちに終わった。昭和一四年六月創刊の「文芸日本」は、院展目黒派の画家から作家に転じた牧野吉晴が、編集責任者となり、文芸から美術まで幅広くあつかい掲載した月刊誌で、誌名は菊池寛にすすめられてつけたといわれ、編集同人には、牧野吉晴、尾崎士郎、富沢有為男、大鹿卓、浅野晃、中谷孝雄らがいました。時局の緊迫にともなって、国策的な色彩が強まり、マスコミの一部には、「文壇の白柄組」と噂する者もいた、とも書いています。

昭和二八年一月に再刊された頃には、尾崎士郎が抜けて、榊山先生が加わり、大鹿卓の後を、先生が編集責任者となったのです。

雑誌「文芸日本」の発行に当たって、その発行元の出版社へ出向いて引き受けて貰った時の様子は、伊藤桂一さんが、「交渉役としての榊山先生」（大衆文学研究会報二六号）と題して書いています。

今から二十年前後も昔のことになるが、当時私が上野の金園社の編集部に勤めていたころ、榊山先生が大鹿さんを伴って、雑誌「文芸日本」の発行の面倒をみてもらうために乗り込んで来られたことがある。その時のことを私は、昨日のことのように覚えている。それは、乗り込んで来られた、といういい方がもっとも適切なほど、榊山先生はいかにも颯爽としてみえたのだ。

それまで「文芸日本」の発行元になっていた新橋の小出版社が、社業不振になり、それで金園社へ頼もうということになって、交渉役が榊山さんに廻ったのだと思う。金園社の松木社長というのは「文芸日本」同人の中谷孝雄、牧野吉晴、といった先生方と身近な知己であることをひそかに誇りとはしていたが、とにかく商売人ではあり、損をすることのわかっている半同人誌の「文芸日本」を二つ返事で引きうけるかどうかは、私は、おふたりを社長室へ案内したあと、どういう結果が出るか甚だ興味があったが、交渉は、あっというまにまとまってしまって、榊山さんはニコニコしながら編集室へもどってくると、

「やあ、ありがとう。引きうけてもらえたよ。なにかとお世話をかけるが頼むよ」

と、私と斎藤芳樹君にいわれた。私も斎藤芳樹君も「文芸日本」には時々作品を書かせてもらい、同人の諸先生方とも昵懇だった。

昭和三〇年春、「文芸日本」の編集室は西巣鴨の榊山先生のお宅に移り、尾崎秀樹さんがその編集等について実務的な世話をして、苦労された時代です。佐藤春夫の「水許伝雑記」、大鹿卓の「谷中村事件」、外村繁の「筏」、中谷孝雄の「業平系図」などが連載され、尾崎秀樹さんも「魯迅論」を連載していました。

私が仲間に加えていただいたのは、それから間もない頃でした。

前にも書きましたが、金澤慎二郎さんという方は、明治三四年（一九〇一）二月二六日生まれで、本籍は東京市日本橋区両国四十二番地二号にありました。当時、日本橋区橘町七番地に、播金商店という店がありましたが、大阪に本社があったハリキン石鹸という会社の跡取り息子でした。戦時中は小田原の茶畑（今の本町）という、荒久海岸に近い所に、東京から疎開してきていたのだろうと思いますが、借家住いしていました。小田原の裁判所の調停委員をしていたこともありましたが、榊山先生や尾崎士郎たちとは、馬込時代には一緒でしたから、金澤さんを通じて馬込村の出来事もよく聞いていました。

榊山雪夫人が書かれた「馬込文士村の人々と私」には、次のように紹介しています。

金澤慎二郎さんは、萩原朔太郎夫人の恋人に間違えられたという話もあり、馬込ではシンちゃんとかシン公などと呼ばれていて、気さくな人柄なのでよく用事をお願いしたり、うちでは尾崎士郎さんへの連絡など頼んでいました。大阪のハリキン石鹸とかいう息子さんで美術学校、今の芸大を中退したとか、中々器用な方で、一時は出版社をしたり、新派の脚本を書いて、水谷八重子などとも親交があった方のようでした。もとは粋筋の出だという、とてもきれいな奥さんで、馬込では紅のついた火吹竹などと、やっかみ半分から、からかっていたといいます。戦時中小田原住いで、鰤が上ったからなど、わざわざかついで来て下さったり、奥さんの姐さん株の方が、神田の「けぬきずし」にいらっしゃるとかで、ものの少ない時におすしのおみやげなどもって来て下さるので、うちの子供達は大歓迎をしたものです。戦後テレビの劇の台本を書いたり、松永安左衛門さんのお茶席のお手伝をしたりしておいでの様でしたが、大分以前になくなられました。とても明るく闊達な気性で、人に好かれるタイプのかたで、どんなにお金がなくても大威張りでお金が借りられるような方で氏より育ち、それとも育ちよりも氏かなど、帰られたあと夫と話し合ったことでした。

金澤さんは、特に尾崎士郎さんとは少年時代からの知り合いで、尾崎士郎さんから原稿を頼まれた時のやりとりのハガキや手紙が、金澤さんが亡くなってから数通出てきて、ごく親しく、信頼関係も深かった間柄にあったのではないかとも思えました。

仲間うちでは、金澤さんは定九郎と二ックネームがついていたことも知りました。定九郎とは、歌舞伎の中に出てくる悪役定九郎のことをもじったことで、尾崎士郎さんが書かれた「昌平校のこと」（「円卓」昭和三八年六月号〜九月号連載）の中にも、金澤さんはぴったりの男であったと書いてます。

小田原の茶畑（現小田原市本町で、茶樹を栽培した畑があった所から付けられたといわれ、北条氏綱の頃ひらかれたという説がある）の加藤さんという方の敷地内にあった貸家に住んでいたので、私は訪ねて行ってお会いして知己を得たのですが、その頃金澤さんと知り合いの「文学街」（昭和三二年六月創刊）の同人仲間だった若山純一さん（『海鳴の果て』（昭和三四年一〇月二五日・穂高書房ほかの著者）に、同じ小田原に住んでいるのだから会ってみたら、と勧められていたこともあったのです。

金澤さんは鉄砲撃ちをしたり、雅号を栖霞と称して、楓湖松本、玉章川端に南北合派を学んだといわれている島崎柳塢から、絵の影響を受けて、俳画などの日本画を主に画いたり、非常に器用な人物で、道楽もいろいろと体験していたようです。歳を重ねて酸いも甘いも心得た、いつも気持のよい方でした。

小田原在住の頃は、小田原に住んでいた尾崎一雄さんや川崎長太郎さん、松永安左衛門はむろんのこと、今井達夫、外交官の寺崎英成なども知己があつて、文人知識人の出入りが、多い家でした。テレビが生放送の頃には、「半七捕物帖」、中村竹弥が売り出すきっかけになった竹弥主演「旗本退屈男」のシナリオを書いていたこともありました。その頃には、私は赤坂のテレビスタジオに本読みやリハーサルに、その頃勤めていた会社が終わると、小田原駅から東海道線に乗って行ってテレビ局で金澤さんと落ち合い、一緒に勉強させて貰ったりしていました。そして、夜おそく東京から帰宅して、翌朝出勤定時の八時三〇分に会社へ出勤していたのですが、そういう日課の翌朝は寝不足で目が充血していて、会社の上司や同僚から、目が赤い、とよく言われたこともありました。しかし、新年には、俳優の支度部屋を挨拶まわりして結構楽しいこともありました。

金澤さんは、非常に勉強家で諸々のことを本格的に知ってました。知っているからテレビの中の時代考証や道具立てや扱いかたに間違いがあると、指摘するのです。テレビを見ている人の中には、そういうことをよく心得ている人もいます。シナリオを書いているのですから、より実態に近く、正確に、劇を作ろうという熱心さで真面目な意見なのです。しかし、制作している側にしてみると、そうした意見が度重なると、うるさいな、ということになってきたのです。自分の不勉強を棚に上げて沽券にかかわるということも考えられるのですが、そこまで厳格にやらなくてもよいのではないかといった、或る意味でのおおざっぱさが、その頃の制作担当者にはあったのではなかろうかと思うのですが、やはり気に入らなかったのでしょう。つまり、自分が番組制作の中では最も権威のある人間、と思い込んでいるところへ、水をさされる気分なのでしょうか。いまはそんな料簡が狭い人はいないと思いますが、その頃はそういう人間がいたのです。

そのうちプロデューサーのピンハネが目立ってきて、少し多く取り過ぎるようなことを言ったりしたものですから、仕事が減り、とうとう仕事がこなくなったといった方が適切な表現といった状態になりました。

いまでも、時代考証の内容をよく見ていますと、その時代の話にそぐわない道具立て扱い方を平気でしているシーンが度々ある番組もありますが、そうしたこともあったりして、番組の仕事があった間の生活はある程度のゆとりがあって、楽だったのですが、次第に貯えも乏しくなっていったのです。

子供に恵まれなかった金澤夫妻は、早逝した兄の子を一人引き取って育てていました。将来は自分たちの子として晩年一緒に暮らすことが出来たらとも、望んでいたのではないかと思えたのですが、成人して結婚した後、別居して世帯を持ってから次第に疎遠になりました。彼の結婚式は平塚で行い、私は家内と共に出席して心安らぐ思いでいたのですが、若い人にはそれなりの考えがあったのでしょう。

その後金澤夫妻は、小田原の借家を引きはらって、箱根宮の下温泉旅館対星館に住み込み、数年経ってから、中野区上高田二ー二四ー八丹頂荘へ転居しましたが、昭和四九年（一九七四）一一月二八日、金澤慎二郎さんは昔馴染みの東京空の下で七三歳の生涯を閉じました。桃代夫人は、その後清瀬の老人ホームへ移り、平成三年一〇月二三日同じ清瀬の病院で永眠されました。

私は、その金澤慎二郎さんに連れられて昭和三二年頃西巣鴨の榊山先生のお宅をうかがい、「文芸日本」の仲間にいれていただいたのが、榊山先生ご夫妻とのお付き合いの始まりでした。

歴史作家　榊山　潤

その頃の私は、二年前まで肺結核で国立熱海病院に入院していました。六月ほどの入院でしたが、退院後も、ストレプトマイシン週二回注射とパス（顆粒）を毎食後と就寝前一包を服用していました。結局入院中の分を含めると、二年間、ストマイ約二〇〇本注射、パス約二キログラム服用して、ほぼ通常の身体に戻った頃でした。

高校時代の友人が病院事務局にいて、便宜を計ってくれて早期に入院することが出来たのですが、入院中は、本を読んでばかりいました。もともと肺結核は重症でない限り微熱が夕方になってでるか、若干の咳痰がでるか以外に症状の辛さはあまりない病気です。当時の国立熱海病院には温泉が引いてあって、一〇畳間ほどの広さの浴槽があった。結核治療の一つの方法として、温泉療法を行う医師がいたので、殆ど毎日腰から下は温泉に入っていい許可がでてました。一般的な認識としては、安静を専一にして血行をよくしない方が結核にはよいと言われていた頃で、入院をまっている間家の風呂には二日か三日おきくらいしか入っていなかったので、意外な気がしたと同時に、毎日温泉に入れることが楽しみになっていました。

どこも痛みを感じない患者は、美味いものを十分に食って栄養をとり、定められた安静時間を守ってベットに横になって寝ているだけで、外出こそ出来ないが、自由時間ですから退屈な時間が多かった。それに隣り合った患者は互いに初対面でしたから、朝晩などの挨拶程度で、話は弾むこともない。入院当初は本を読むか、自分だけで出来るトランプか花札をする以外に時間をつぶせないのです。

そんなことをしているうちに、サンケイ新聞社で「随筆」という月刊誌をだしていることを知って、離れてみると、ひどく懐しい思いにかられていたわが家の近辺のことを、書いて残してみようと思い立ち、「渡り鳥」と題して投稿したのです。当時「随筆」の選者は徳川夢声、木々高太郎、渋沢秀雄の三氏でした。それが入選したのです。昭和三〇年一月一日発行「随筆」新年号に掲載され、本が送られてきました。そして、同室の五人に知れて病棟内に広まり、看護婦にも知れて評判になってしまいました。決して誇らしい気持ではなく、家の裏手に当たる益田男爵邸、山県有朋の古希庵、大倉邸などの屋敷の森にきていた鳥たちのことを、唯感じたままに書いた自然の姿が目にとまったのではなかろうか思いますが、とにかく退屈な人たちですから、一寸したことが事件になるのです。原稿料が少しは入るのではなかろうかと思い込んで、特に喜んでくれた同室の人と自分を含めて六人分を、熱海銀座の糸川べりにある中華料理店の五目ラーメンが美味なので、出前を頼んでおごることにしたのです。

暫く経った頃、サンケイ新聞社から一通の部厚い封筒が送られてきました。心急くままに封を開けてみると、二〇〇字詰原稿用紙一冊と新聞社発行の紀行単行本一冊が入っていました。期待外れでしたが、すでに五目ラーメンは食べてしまった後でしたから、皆からは慰められるやら礼をいわれるやらで、表現し難い心境でした。しかし私の胸の中には、金銭にかえられない別な豊かな思いがありましたから、入選を祝ってくれた人々に感謝していました。改めて考えるまでもなく、医療費は会社の共済組合掛金で全額負担ですから食費を含めて一切無料。会社からは給料が毎月まるまる送金されてくるのですから、それ位の出費ぐらいでは気にならなかったこともあったのです。

「随筆」には、続けて三月号にも入選して掲載されて、書くことへのきっかけは、そうした出来事が多分に影響していたのは事実でした。いま考えてみると、幼稚な文章ですが、自分の書いた文が書店に並んだ本に掲載され、その本を買った人は読んでくれるということが、いままでに覚えてことがない私の内面的な部分に、活力を与えくれたのだと思います。「文芸日本」の仲間に入れてもらった頃、尾崎秀樹さんも私も髪の毛は黒くてふさふさとして若かった。尾崎さんはベレー帽をかぶっていて颯爽としていました。同人会で会って時間にゆとりがある時には、小説とは何であるのか。何故に書かなければならないのか。とか、議論を交わしたことも記憶に残っています。そして、書きたいことは訴えたいことにもなる。しかし、そうしたものを総て書いてしまったその後はどのようになるのか。その先は何をしたらよいのだろうか。おおむねそういったような内容を、握った指を一本ずつ開いて掌を広げたりしながら、熱っぽい口調で話したことを覚えてます。

現在の私の心境は、その先のことを書いているつもりです。つまり、書きたいと考えていたことを全部書いてしまった後には、新しい発見が見えてくるのです。尾崎さんと語り合っていた時のように、書きたかったことを、握っていた指を一本ずつ開いて、全部広げてしまった後、自分の掌の中が見えてきたような状態なのです。それは書き続けているうちに気付いたものでしたが、それまでは全く知らなかった面の人間の姿や、かくあるべきではなかろうか、といった内容の発見や、いろいろな項目の資料を、書くために調べていく間に生じてくる数々の疑問、或は歴史的な事象に関するもの、などといった事柄が際限無く、一を解明すると二つ三つと広がりの疑問から発見へと、物事に対する見方考え方の展開も見えてくるのです。そして、発見し展開する内容を文章化して表現し、読んで貰い、この作品はこういうことを言いたいとする内容を理解して貰う。読んだ人に少しでも何かの役に立つような、心に残る影響感を与えてくれれば、それでいい。そうするためには、文字の使い方、表現方法と筋書の順序立て、といったことの難しさも知りました。

それにしても、文章というものは、書いて伝えたいことはこういうことなのだと、表現したつもりでいても、これで完全というものが出し切れないのではないでしょうか。書いても書いても何時もついて回るのは、そういった不安とでも表現したらよいのでしょうか、そういった気持が残るのです。もっとも、書いている側と読む側は、書いたり読んだり出来るまでに育った環境といい、吸収した知識の程度内容といい、兄弟でも全く異質な受け止め方をしても当たり前だと思います。また、それが人間性でもあるわけです。

従って、書く側から見れば読んでくれる側の受けとり方が、おおむね書き手の言い分を理解してくれたことで、よしとしなければならないのではないかと思うのですが。そのようなことを痛感し、そうした考えに気付き、持つようになったのは、神田の某有名文庫出版株式会社の「高校入試対策問題集（随筆・小説）」（昭和五九年一〇月三一日発行）として、私の「渓谷にて」（「アニマ・五月号」一九七八年四月一五日・平凡社）の作品の中の文章を取り上げたいと要望されて、承諾書をおくり、作品の要旨を、解答説明した内容として送ったのですが、折り返すように「入試対策問題集と解答文」が送付されてきました。正解としている内容は、私が作品の中で言いたかったと考えていたものとは、異なった解答文でした。

国語の問題文には、島崎藤村、志賀直哉等、物故の有名作家の作品の文章の一部と共に、私の作品の文章の中からも出展されていたのですが、その時、解答文を読みながら、こういう解釈の仕方も、あの文章から考えられるのかと気付いたのです。そして、人それぞれに読んだ受け止め方が異なっていていい、それでその人なりに理解して貰うことが小説の一面にあっていいのだと、その頃から感じるようになったのです。

「文芸日本」の同人会は、小田急線の下北沢にあった喫茶店「ペンギン」で集まったことが度々ありました。その頃は、榊山先生、中谷先生など諸先生、諸先輩の方々と幾度か一緒でした。「文芸日本」が解散しましたのは、それから暫く経ってからでした。

その間に先生は、昭和三四年八月に『囲碁談義』を刊行。昭和三五年二月には『現代人の日本史11応仁の乱』、一〇月には『碁がたき』を刊行しています。そして、昭和三六年三月には『歴史文学への招待』を尾崎秀樹さんと編輯し、八月には『現代人の日本史12戦国の群雄』を刊行しています。

同人誌「円卓」が誕生したのは、その後でした。

先生の家に集まってどういう誌名にしたらよいのかなど、発行に当たっての準備打合せ会を、皆で意見を出し合いました。結局誌名は、円卓会議（ラウンドテーブル）にちなんで、たしか林富士馬さんの発起だったと思いますが、スマートな誌名「円卓」が決まりました。

「円卓」は、昭和三六年五月創刊。四一年四月号（四一、四、一発行）まで通巻五六号六巻三号まで続きました。その間昭和三七年七月号、八月号が休刊したほか、四〇年四月号で同人制を廃して、一般文芸誌と改めました。また、創刊当時は発行所が「人物往来社」でしたが、三七年九月号（九月一日発行）から「南北社」へと変わりました。

先生宅に先生を囲むグループが主に集まって、発行責任者には先生ご自身がなって、新人、中堅の、創作、評論の発表の場を設け、若い人たちの育成に尽されたのです。

「円卓」創刊号に、先生は、「創刊のことば」として「乱世の筋金」と題し、次のように書いています。

人物往来社の八谷社長が、若い人たちの雑誌を出してくれることになった。私は感謝して、それを親しい人たちに告げた。私は唯、媒介者の役目を果たし、必要があれば蔭の助言をするくらいで、この雑誌とそれ以上の関係を持つ気はなかった。若い人たちだけでやった方がいい。あたり近所に気がねする理由なんか、ちっともないのだから、大胆に、無遠慮に、向う見ずな若さを発揮したらいい。それでこそ、新鋭の気がみなぎるものである。

私はそう考え、直接な関係を避けたのだが、結局私が編集ということになってしまった。これは、編集同人諸君の、半ば強制的な意見によるものである。私はそれを、若い人たちの勇気の欠除と考えた。そこにはまた、対世間的な意味での、多少の錯覚もあるらしい。私が編集する雑誌であるよりも、若い諸君自体が編集する雑誌であった方が、世間的な反響も、新鮮な筈である。そこに、思いちがいがあるのではないか。いや、或はまた、編集同人諸君の強引な意見のうちには、この雑誌が、私のためになにかの支えになるだろうという好意も、含まれているかも知れない。

但し、編集の名目は背負っても、私は面倒な雑事には立ちいらない。過去四年、同じような小雑誌の編集をひき受けて、へとへとになった。全く、意味のない労働であった。私は二度と再び、そんな労働に従事したくはない。すでに、余命いくばくもないような年だから、長い間胸に育てて来た仕事に、とりかかりたい。それで死に花を咲かしたいというほどの量見もないが、とにかく、それを書いてからでなくては死にきれない気持なのだ。余計なことに、身心を

歴史作家　榊山　潤

すりへらしたくはない。私は唯、若い人たちの動きを横からか後からか、見守るだけの役目を果たしたい。編集同人諸君は張りきっている。張りきっただけでいい仕事ができるとは限らないが、張りきらなければ元も子もないのである。多少の逸脱は気にしないで、勝手気ままに歩いてもらいたい。

唯一つの私の希望は、この雑誌で、文学の純粋性を頑として守って貰いたいということである。若い人の半同人的な雑誌に、こんなダメを押すのはおかしな話だが、初めから、大衆小説で身を立てるための同人雑誌もある世の中だ。それはそれでいいが、それとこれが、何処か肝腎なところでごっちゃになっている。世間がそれをごっちゃにするのは差し支えないが、小説を書いて行こうとする若い人にまで、そのもつれがあるのを、私は過去四年の経験で知っている。

これはと思う人が、一度芥川賞か直木賞の候補にあげられたりすると、忽ちうわずって、足が地につかなくなる。候補にあげられただけでも励みがついて、成長のいい助けになると思うのに、あべこべに乱れてしまった例を、私はいくつか知っている。これで自分も世間的になれたというせっかちな錯覚から、地道に歩いて行く心がけを失って、世間を意識した小説を書き始める。そうして内容を空疎にする。そんなことで折角の才能が崩れて行くのを、私はハラハラして眺めたものだが、それも、前にいったもつれのようなものに、起因するのであろう。但し、そんな他愛のない才能は無きにしかずで、私が買い被ったのに相違ないが、文学を投機的事業とする考えが、若い人たちの間に相当に深く浸潤しているのは、確かであろう。文学も投機であるかも知れないが、それは人生的な意味においてであって、世俗的な投機とは質がちがう。

幸いにこの雑誌の編集同人諸君は、原稿を金に換えるのをあせるような境遇にはいない。持って生まれた素質を度外視して、早く売れっ子になろうという、無益な野望にとらわれている人もいない。そういうことは下手にあせっても仕方のないことで、こつこつやっていれば、売れっ子になる時には自然になって行く。なるならないは運命に任せて、自分の成長を心がけて行く他にない。そういう心がけを忘れない人たちに、純粋性を失うなとダメ押す必要もないが、そこは年長者のおせっかいとして許して貰おう。

誰か忘れたが、今は乱世だといった。何が何やら分らぬという点では、乱世に相違ない。しかし乱世を貫いた根本の精神は、もっと輝かしいものであった。どんらんで飽くことがないと共に、闊達な人生はないという。新しい智恵の発見と輝きがそこにあった。今の乱世は、動きの上だけの乱世で、そういう中心の筋金をなくしている。これは文学の世界でも同様だが、さてそこで、乱世を貫いた精神のはつらつさを、この雑誌に盛上げる事が出来たら、それこそ、申分はない。

一本の筋金が通っていない乱世のお蔭で、多くの読者は、自分で小説を選ぶことを忘れてしまった。いい直せば、文学を正しく理解する能力を失った。小説が書けるというのも才能だが、そこに文学があるかどうかを見分けるのも、才能である。文学には、生産者の才能とそれを味あうための才能が要る。どっちが欠けても不幸である。読者が、読者としての才能を失ったところに、今日の混乱が生じたともいえるだろう。これから真面目に小説を書いて生きて行こうとする若い人たちにとって、まことに生きにくい時代である。

が、それでたじろいでいても仕方がない。見当のつかない読者の好みを忖度して、右往左往するのは馬鹿げたことである。こういう時にはむしろ、文学本来の反俗精神に徹底した方が、利口かも知れない。いや、馬鹿か利口かの問題ではない。古くさいといって笑われるかも知れないが、それ故にこそいっそう、文学本来の精神に戻るべきであろう。もう一度文学を—そういう祈願を崩さない雑誌であることを、私は願っている。私の知らない、新しい人たちも集って来るらしいが、天邪鬼で、つむじ曲りで、さらにまたたくましい無頼の精神、そういう雰囲気がこの雑誌に生れて来たら、さらに楽しくなるだろう。

昭和三七年九月号「円卓」掲載同人名簿には、赤峰道子　上田学而　大野文吉　大森光章　小台斎　金子きみ　木川とし子　小嶋幸次郎（平丘耕一郎）　斎藤葉津　榊原愷夫（佐加保夫）

佐藤鈴子　柴田芳見　芝高淳　杉本光聰（小田淳）　高田嘉代　田中鉄一郎　田淵幹夫　林青梧　三浦久子（三浦佐久子）　望月敦子　芳野清（芦野清太）　鎮西恒也　堤木曽子の二三名が載っています。

「円卓」には、先生ご自身「ビルマ日記」（三六年六月号から三八年三月号まで）、「わが亜蝉坊」（三八年七月号から一一月号まで）、「私の四谷怪談」（三九年九月号から四〇年三月号まで）、「その前夜」（四〇年八月号から四一年二月号まで）などと、積極的に連戦されました。

萩原葉子さんは、「木馬館」（三八年四月号から三九年十月号まで）を連載し、それが昭和四〇年三月第一回円卓賞の受賞作品になりました。

また、尾崎士郎さんは、「昌平校のこと」を連載（昭和三八年六月号から九月号まで）して、漢学者塩谷温との思い出を書いています。

「昌平校のこと」第一回（昭和三八年六月一日発行）の中では、尾崎士郎さんは下谷池ノ端の笑福亭で塩谷先生と出会った時の様子を次のように書いています。

私がはじめて先生にあったのは、太平洋戦争のはじまる少し前で、会った場所は下谷、池ノ端の笑福亭である。笑福亭という家には、また、いろいろと思い出があるが、その頃、毎晩のように出かけていった旗亭の一つで、その頃の仲間で現存しているのは、尾崎一雄君、榊山潤

君くらいなものであろう。（中略）

丈の高い、見るからに巌丈（がんじよう）そうな身体つきの老人が、肩をそびやかしながら大股に入ってきた。

彼は私を見ると、

「尾崎君」

と、あかるい声で呼びかけ、

「だしぬけに入ってきて失礼、――一度是非会いたいと思ったものだから無断でやってきた。今夜は僕も向こうの離室で友人とやっているところへ、女中がきて、君のいることを知ったのです、実に愉快だ、これから仲よくしよう」

私が、横にいた榊山君を紹介すると、塩谷先生は、同じ調子で榊山君に話しかけ、三三度、献酬（けんしゅう）をかさねた上で、至極あっさりとひきあげていった。

ぬっと入って来かたも立派だったが、ねちねちしないで、すうっと帰ってゆく帰り方も何となく堂々としていた。

先生も尾崎士郎さんも、ここではじめて、塩谷先生に会っているのです。

話が脇にそれますが、昌平校について、尾崎士郎さんの説明によりますと、徳川五代将軍綱吉によって建立された、儒学の学問所であると共に、指導力の源泉とも言うべきものであった。林大学頭を主班とする幕府直営の大学校で、長州毛利家の藩士で慶応三年（一八六七）四月十四日二九歳で没した、高杉晋作もここで学んだという、記録が残っていることも述べ、さらに、尾崎士郎さんは、塩谷先生はお茶の水の昌平校の校長であり、湯島聖堂の主（あるじ）であったといい、聖堂最後の人であったとも書いています。

そして、塩谷先生と会って間もなく、尾崎士郎さんは伊豆の伊東へ疎開し、その後間もなくに、塩谷先生も東京を離れ、小田原へ疎開されたと聞いていることも書いてます。

小田原に居住した頃の塩谷先生は、八〇歳をこえていましたが、先生が壮年時代に、新潟の長岡での宴席で知り合った歌妓の一人だった、三〇を少しこえたくらいの若若しい感じの、菊乃夫人と結婚生活に入っていました。しかし、静岡県伊東海岸に、菊乃夫人の屍体が漂着し、夫人が履いていた下駄が小田原の荒久海岸に打ち寄せられていたことから、菊乃夫人は、小田原海岸で波にさらわれたのではなかろうかと言われてます。その時の、塩谷先生の狂乱の姿に気遣う門弟たちの姿や、昭和二六年七月一三日の盆の夕べの出来事であったことも、「昌平校のこと」の中で触れています。

「昌平校のこと」（「円卓」八月号連載第三回・昭和三八年八月一日）には、次のように書いています。

小田原に住む金澤慎二郎がやってきて、そのときのことをくわしく話していったのは、それから二日経ってからである。

菊乃夫人の死については、いろいろな立場から、それぞれ勝手な推測をする人もあったが、慎二郎は、もっとも長く小田原に住みついているだけに、彼の解釈は、すべて土地の環境と、状態に重点をおいている。私は少年時代から知っている彼を、ときによっては、いいかげんにあしらっている習慣もあったが、いざとなると一意見を堅持している彼を相当高く評価していた。（中略）

私は、一切の原因が小田原海岸にあるという慎二郎の意見に同意するところが多かった。

これは、実際に、あのへんを歩いた経験を持っている人たちには、何の説明を加えるところもなく納得することが出来るであろうと思うが、小田原の海岸は、伊豆東海岸一帯の砂浜とくらべると、波のうちよせ方に間隙がない。（大抵の海岸は、一波やってきて次の波列が迫るまでに、ある程度の余裕のあるものである。それが、まったくないのだ）

こういう海岸は、同じ東海道沿線でも珍しい。

歴史作家　榊山　潤

一口にいうと、大きく去来する波がしらのために、波が去ると静穏な白砂長汀が、忽然としてあらわれ、あらわれたとみるまにあっというまもなく、どっと、おそいかかる次の波に掩われてしまう。海の景色も、私が住んでいた伊豆東海岸みたいに、のんびりとはしていない。海ぞいの石垣の上にある鉄柵の前に立っていると、ときどき、身体ぐるみ吸いとられてゆくような不安定な心の動揺におそわれることがある。

私は、しばしば、そういう体験を味わっているが、何気なしに歩いていても、つい、ひきこまれてしまいそうな危険をかんじたことが何べんあったか知れぬ。

それに、海岸もそうであるが、第一、小田原というところが、実に底のふかい雄大なものを持っている。今から二十余年前、私は、亡友、牧野信一が自殺したとき、あの街を歩いて、夕陽のかたむく山のすがたを遠くから眺めたとき、土地の古さの中にたたみこまれた一種名状することのできない絶望感に胸をうたれた。北条早雲の死因が、今日にいたるまで不明であるということや、その屍体が、いつ、どこに消え去ったかわからぬというようなことも、この古く、つめたく、妖気を点じた山々を前にしたとき、いかにも、もっともだと感じないではいられなかった。まして、海には蒼茫の底に漂う黄昏が迫る。山ふところには灯かげが点々とつらなる。その侘しさは、風景が雄大だけに、人の心に喰い入るようで、それも決して小刻みなものではなく、身体ぐるみ運び去られるようなかんじがする。

つまり、一種の死神（しにがみ）が、どっしりと腰をおろしたようなかんじである。古い土地には大抵、そのような死神が、しっとりと親和力を湛えて、じっと下界を見おろしているものである。勇気りんりん、覇気縦横、単純明快なる塩谷先生には、死神のとりつく余地もなかったであろうが、菊乃夫人は死神が、たぐりよせるのに、もっとも好適な運命と人柄をもっていたように思う。それほど菊乃夫人は、若く、うつくしく、死神でさえ、つい、ふらふらとするほど、ひそやかな魅力を湛えた人だった。

小田原の荒久海岸という処は、箱根芦の湖などを水源とし、深い谷の中腹にある数々の温泉場を縫うようにして谷底を流れる急流、長さ二一キロメートルの早川が、小田原海岸南西側に流れ込んでいて、付近には寺が多い。人気のない海岸を、夕暮れどきに歩いていると、後から後から覆いかぶさるように打ち寄せる波の音の合間に、老松の梢を吹く風が鳴り、なんとはなしに寒々と、陰うつなふん囲気がある海岸です。

かつては、冬季に鰤の定置網が仕掛けてあって、漁獲量もかなりあって、活気を呈していた時もあったのですが、それも近年なくなり、網など漁具を保管していた倉庫などの廃屋が、海を向いてそのまま建ち並んでいる。背後に箱根連山をひかえて、高い石垣と老松に囲まれた海岸付近は、戦国の世に、幾度となく、多くの将兵が血を流し合った場所でもあったのです。

　即ち、元弘二年（一三三二）南朝の忠臣平成輔が、六波羅探題に捕えられ、鎌倉へ送られる途中殺害されて果てたのも、早川尻のこの地で、墓地が近くの寺に残っています。また、観応二年（正平六年）（一三五一）足利尊氏と争った、弟の足利直義の臣上杉憲顕と、尊氏方千葉介氏胤と合戦し、永享一〇年（一四三八）関東管領足利持氏軍と、将軍義教軍との合戦があったのも、同じ早川尻なのです。

　金澤慎二郎説に同感の意向を表明した、尾崎士郎さんが書いているように、おそらく、菊乃夫人は、諸々の怨念がしみ込んだ海辺を歩きながら、海を眺め、寸断なく打ち寄せる波の音を聞いているうちに、なんのためらいもなく吸い込まれるように、死神の誘いに身をゆだねていったのではないだろうか。

　夕暮れから夜にかけては、玉砂利が多い浜辺に打ち寄せる波を、じっと見詰め、砂浜とは異質のざわめきを含んだ音を、くり返しくり返しきいていると、青黒い急深な海の中へと、知らず知らず引き込まれそうな気分に落ち込んでいく海岸なのです。

　昭和三五年の初秋、尾崎秀樹さんの提案によって「大衆文学」の研究誌を出そうと、武蔵野次郎、大竹延さんの三人で相談して、昭和三六年七月から、季刊「大衆文学研究」の第一号が、榊山先生を中心に発刊されました。同人に、尾崎秀樹、武蔵野次郎、大竹延、伊藤桂一、村松剛、真鍋元之、日沼倫太郎、足立巻一などがいました。後に、石川弘義、山田宗睦、上笙一郎、清水正二郎らが、加っています。

その一方で、先生は、昭和三七年六月『古戦場』『わが小説』。一〇月に『碁がたき』。一一月『碁苦楽』等を刊行し、昭和三八年三月には『現代人の日本史18・明治維新』。七月に「円卓」に連載した『ビルマ日記』を刊行しています。

その頃の私は、「円卓」に「岩魚」（昭和三七年三月号）、「夢現記」（同年六月号）、「去年の鮎」（同年一〇月号）、「魚影」（昭和三八年六月号）、「魚見小屋」（昭和三九年一月号）、「死神」（同年九月号）など、小説を掲載して貰っていました。目次に、尾崎士郎さんの「昌平校のこと」の表題となりに、その頃使用していたペンネーム杉本光聰で載っていたこともあって、光栄に感じたこともありました。

私のペンネーム杉本光聡は、独身の頃、日本電信電話公社（現ＮＴＴ）に入社後国立熱海病院に入院した時、同じ病室にすでに入院していて知り合った、熱海市の糸川の花街で数人の女を抱えて商売していた喜昇庵中村文斎という、五十台なかばで易経の免許を持つという人が、名付けてくれたのです。「総運。己れの一生の間の運命を決する、芸術、技能方面の人には吉運である」

ということでした。ちなみに、家内の泰子と緒婚後、生まれた長男聰夫の名は、私のその時のペンネームの光聰から聰の字をとって名付けたのです。

その当時、西巣鴨の先生のお宅には、黒い犬がいました。

私の家族は動物好きで、野兎の子を育てたり、頬白、もずの子を育てたりして、野の動物とも親しんでおりましたが、わが家にも大型の三河秋田犬一頭と猫二匹を飼っていました。いつか、毎日新聞に「屋外家族」と題して、彼らを主題に随筆を書いたことがありました。犬の散歩に出ると、それまで姿が見えなかった猫がどこからともなく出てきて、連れ立って散歩に行く情景を書いたのですが。それから近所の人が見にくるようになってしまったのですが、彼らはそんな記事には一向に無頓着です。見知らぬ人の姿が頻繁に現れるものですから、落ち着かなくなってしまったこともありました。

兎は、掌の中に入ってしまうほど小さな野兎の子を、となりの農家の主人が持ってきてくれたのですが、哺乳びんの吸口で牛乳をよく飲んで育ちました。尿は臭いのですが、糞と尿を一か所に決めてしてましたから、始末は割り合い楽でした。階段を自分で上がり下がり出来るようになると、家族が二階の寝室へ行く時一緒にきて、家内の布団の中に当然のようにもぐりこんで寝るようになりました。猫は、家族と思っていたのでしょう、全くいじめませんでした。

頬白の子を持ってきてくれたのも、となりの主人で、もずは、家の前にあった畑の隅の雪柳の枝にいた産毛の子を、拾ってきて育てて、四畳半の書斎兼客間に離し飼いしておいた。普段は、家内が書いて、長押にかけた額ぶちの上にいたもずは、家人以外の人が部屋に入ると、急降下しながら鋭い鳴き声をあげて、外来者すれすれに飛んで、明らかに威嚇していました。

頼白も、もずの子も、すり餌を一時間おきくらいに与え続けて育てたのですが、成鳥になって放した後、一、二年家の近くにいて、家内が呼ぶと鳴き声で返事をしたり、間近く近寄ったりしていた。もずは非常に利口で可愛いくて、綺麗な鳥で、機会があれば、もう一度飼ってみたい鳥です。

そういうことですから、動物の匂いは常に身のまわりに染み付いていた筈ですが、先生のお宅の木戸を開けて入ると、吠えられました。部屋に上がって、先生と話していると、必ず、部屋の南側の濡れ縁に上がってきて、ガラス戸ごしに部屋の中の様子を見ていました。

「あいつ、気になってならないんだよ」

先生はこうおっしゃって、世間話などに終始していて、一向に小説の話にはならないのです。

私の友人に、林青梧さんがいます。彼は何回か芥川賞候補などに挙げられたり、「文学者」の編集長をしたりして、すぐれた作品を書いていた方ですが、或る日会った時、こう言いました。

「何時か先生が小説を書く時のテクニックを聞き出そうとしているんだが、どうも聞き出せない。話そうとしてくれないんだ」

その頃、彼は書けなくて弱っていた時だったのでしょう。苦しんでいる気持がよく分かりました。

先生から見れば、彼ら夫婦の仲人という間柄ですから、愛弟子といってもいい立場にある彼ではあるのですが、そうしたことは少しも教えようとはしなかったようです。

丁度その頃の私は、「円卓」に数編小説を掲載して貰った後で、これからどのように進めていったらよいのかを悩み、さ迷っていた状態の苦しい心境にありましたので、彼に共鳴したのですが、後に、彼も私も、自分の小説は自分で探して書き続ける以外にないことへの、無言の教訓であったことに気付いたのです。

それにしても、最初の頃に、何度原稿を提出しても全く掲載されず、それどころか、ひとことの意見感想すらもらして下さらない状態にあった頃は悲観的に考えて、がっかりしていました。小説とは何なのか、その根源的なものにまで疑問を生じ、悩み、どうしたらよいのか見当付かない状態でした。

かつて、「文芸日本」の頃に、尾崎秀樹さんと議論し合った、小説を書くと言うことは何か、よし然らば書きたいことをすっかり書いてしまった後に何があるのか、などといった内容についても真剣に考えていた筈であるのに、書いても書いても誰も反応してくれない。自分には深く重い意味を含んだ内容と思えても、自分以外の人にとっては無関心なことであるのかも知れない。

それなら何故に書き続けて、原稿として提出しているのか。自分だけの記録として、日記に等しい扱いをするだけでよいのではないか、などと、反趨し続けていました。かといって、思い切りよく書くことを止めるふん切りもつかず、苛々して、不安定な精神状態に、繰り返し繰り返し陥っていました。

或る日、金澤さんに、「茶道をやってみないか」と勧められました。

金澤さんは、私の状態を察知してくれていて、精神的なゆとりが生じ、物事に落ち着いて対処出来るようになるのではなかろうかと、口にこそ出しませんでしたが、人生体験豊かな金澤さんは、そう考えてくれた上であったのではないかと思うのです。知り合いの女宗匠を紹介してくれて、週一回通いました。はじめてみると、行儀を知り、四季の移り変わりに目ざとくなくてはならず、道具の正しい拝見も出来なくては、結局はつまらなくなることも分かりました。良い悪いのを見分けられる感覚が働かなくては、本物が見えてこないのです。そうした内容は、いままでの感覚とは、別な世界での見方を出来るようになることでした。そして、別な世界から別な視点で物事を視ることの重要さに気付いて、暫くの間、小説を書くことを休み、会社勤めの合間に骨董屋や美術館を覗き、美術品を眺めたりして、気に入ると買い入れたりしていました。日本橋のデパートの地下には、よく通いました。「あけぼの」と名付けられていて、手触りが、掌の中でふんわりと感じられ、使っているうちに割れてしまうのではなかろうかと、宗匠が言っていた、朱色の楽焼の茶碗は、そのデパートの地下の売り場で手に入れ、砥部焼の茶碗は、四国松山へ出張した時に、道後の駅前の骨董屋で買ってきたものです。

その頃、川崎にあった会社に勤めていた、茨城の結城市生まれの家内の泰子は、同じ茶の宗匠に通っていましたが、金澤さんの家で会ったのが最初の出会いで、そのことがきっかけとなって、後に一緒になったのです。

私が書いた小説「岩魚」が、「円卓」に掲載された以前のことを、改めて思い返してみると、昭和二六年六月、当時、国鉄、専売と共に、三公社と言われていた日本電信電話公社の、小田原、国府津、箱根、湯河原地区を菅轄する小田原電気通信管理所に就職した祝いとして、父の知り合いの万年筆屋からパイロット万年筆を買ってくれた父は、私が病院から退院した後、随筆から小説へと書き続けていた頃の昭和三〇年代には、「いい加減にそんなことはやめろ」と、小説を書くことを快く思っていなかった。兄は兄で、「そんなことへのスタミナを費やすより、会社の仕事の方へ向けたらどれほど出世の足しになることか」と、批判的な意見をしていた。母は、私のそのような日々の過ごし方に対して黙っていました。後に私が、神奈川県勤労者の文芸コンクールに入賞して、賞状と賞品を母に最初に見せた時、「お金があればもっと勉強させたかった」と、慰めとも、後悔とも、喜びの表現ともとれる複雑な顔つきで話していた。やむなく中途でやめた大学の、叶えられなかった私への母の思いが、その時いみじくも、いままで胸の中にあったことをもらしたのではなかろうかと、私は思いました。しかし、本当に勉強したいのなら、自分で学費をつくっていけばよいのですが、その頃の私には、甘えがあったのです。それから私が電電公社に入社した後に、発病して、入院する時の気遣いといい、母はいつも子供のことを思い、心にかけていてくれたのだと、しみじみと感じました。その時、父が私と一緒に行って見立ててくれた飛白《かすり》の、私の着物を縫っていた母の姿が、深く印象に残っています。

その頃は、同人会に毎月出席していても実が入らず、ただ仲間の人と会っているに過ぎない状態で、「円卓」から離脱しかかっている精神状態に落ち込んでいたのです。

私が生まれ育った小田原の板橋という地区は、東に相模湾の海、西には箱根山、南は早川の流れ、北に小田原城祉の丘陵、といった地形の中にあり、山野への遊び、川海の遊びは勿論のこと、釣りの条件には頗る恵まれた場所でした。

早川には、鮎、うぐい、鰻、手ながえび、それにあゆかけ、各種類のかじかなどの、多種類の川魚が生息していました。戦中戦後の食料が乏しかったころには、蛋白源などの補給には欠かせなかった。特に子供の頃には、海より危険度が少ない川遊びは、そこに棲む魚と共に泳ぎ、非常に親近感があったのです。それに、遊びと言えば山へ栗もぎや茸採り、川魚捕り、磯に潜って、さざえなどの貝類を採るなどで、昨今にように家の中でのファミコンゲームもない。野山、海川を自由に、年長の子供が引率して、子供だけで遊び歩くことを、その当時の親は当たり前のことと思っていた時代です。

従って、自然とのかかわり合いが深かったから、魚を釣ることを含めて捕ることが上手になるというわけです。

そうした慣れ親しんだ素材をもとにして、好きな釣り、魚に関係した小説を書いて、それで駄目だったら思い切りよく諦めようと考えた気持ちの整理が、ほぼかたまりかけていました。そして、「岩魚」という題名の小説を書いたのです。豊かであった緑と清流の自然の中へ開発が入り込んで、木々の緑と共に姿を消して、幻の魚となりつつある岩魚などの渓流魚を、親しみ深く愛するが故に、魚たちがいなくなった渓谷に岩魚を放流し本来の姿に甦らせようと、自らの生死をもかえりみず、深山へ踏み分けて入り、幾度となく試みる、老人と少年の物語です。

そのストーリーの中に描こうとした、精神的な一面には、望んで挑んでも挑んでも達するどころか、手がかりすら得ることが出来ない、目に見えない次元への挑戦といった、自分の姿を見ていたこともあったのです。書くことが、遊びやゆとりの中から滲んだものではない思いが、自分の中だけに沈殿していたのでは、なんのために必要限度に会社内の人たちとの付き合いをとどめ、帰路の楽しみに誘われたのも極力それとなくさけて、一日の限られた時間を書くことへの時間をつくり、時には通勤電車の中で、桝目のついた小型手帳に文章を書いて過ごしてきたのか、誰にも知られずに終わる。自分以外の人に知って貰うような問題ではない、自分だけの問題であることはむろん承知していたが、潔く終わるとする以前の問題として、私にとっては人生の中の貴重な時間を費やし続けてきたという、胸の中の想いが割り切れなかった。自分以外の誰のために、書いてきたということではないのですが——。

しかし、人生には、思いがけない出来事といいますか、自分が考えている方向へこれからの日々の過ごし方を変えようかと、考えていたことを、全く、くつがえしてしまう出来事があることを痛感しました。

それは、昭和三七年の正月、先生から「一月一日朝」と記された日付のハガキが届いたことによってでした。その官製ハガキには、私が書いた「岩魚」の小説のことが、細々と書いてありました。

歴史作家　榊山　潤

此処のところ旅行ばかりで今日やっとすこし落着いて大兄の「岩魚」を読み、面白いと思いました。まわりくどいところすこし手を入れたが、三月号に載る筈です。この作品を基調として、今年はしっかり勉強して下さい。

この小説なかなかいいので読んで楽しかった。杉本茂雄（私の本名）もやっと此処まで来たかと思い、それも嬉しかった。この調子を外さず勉強して下さい。

今年は小生も仕事をするつもり。ではいい年を。

一月一日朝

「円卓」昭和三七年三月号の巻頭に、私の「岩魚」が掲載されて、豊島振興会館での合評会の席で、同人の方々からの批評がいろいろと出された後、先生は、「もう君は小説を書くのをやめた方がいい、といおうとしたところだった。そうしたらこういういいものを書いた。直木賞候補になってもいい作品だ」とおっしゃった。

前にも書きましたが、小説とは何なのかすら分からなくなっていた心境の中で書き上げた作品でしたので、その時、涙が出るほど嬉しく思いました。先生の批評を聞いているうちに、体中が熱くなってくるのを覚えました。

そして、「そうか」と、目覚める思いがしました。

正月に先生からのハガキを思いがけず手にした時と、同人会の時の先生の言葉への感激は、思い出す度にまざまざと浮かんできます。今になって考えますと、その日その場に居合わせた同人仲間の中には、先生の言葉を聞いていて、羨望的なまなざしをしていた人もいたのではなかろうかと思えるほど、先生の言葉には嬉しさが溢れ、熱気がこめられていた語気があったと感じていました。

その後、暫く経ってから、先生のお宅におうかがいした折、「直接原稿に手を入れたのは、君と林青梧ぐらいだよ」とおっしゃった。

私は、このことは同人仲間の誰にも話したことはありませんでした。話していたら、厳しい先生からそれほどまで目をかけて貰えたのか、光栄な奴だと、おそらく皆から羨ましがられていたのではないかと思います。後日、そのことを林青梧さんに話したら、私のことを「君は兄貴分として、杉本君を頼むよ」と、いわれていたことを彼は話してくれました。

或る日、先生のお宅へお邪魔すると、玄関の中から、

「青兵衛ちゃん、こんにちわ」

と声がしていました。

なんとなくたどたどしく、一寸不自然な声だと考えながら、玄関の引戸を開けて玄関へ入りました。

出てきた雪夫人から、たたきの右脇の、下駄箱の上にある籠の中のセキセイインコが話していることを知り、はじめてセキセイインコが話すことを目のあたりにしました。

「青兵衛ちゃん、お早よう」

雪夫人が詣しかけると、

「青兵衛ちゃん、お早よう」

と答えるのです。

青いセキセイインコに「青兵衛」と名付けたのは、雪夫人のような気がしました。それほど、雪夫人との呼吸が合っているように見えました。

その日、先生は、私にこう話してくれました。

「余けいなものは一切読む必要はない」。そしてまた、「それから、毎日書かないと駄目になる」とも。

その時、いつにない真面目で、けわしい顔つきで、大きな目をしていた先生は、鋭いまなざしをしていました。

それまで私は、乱読して多岐に亘る知識を得ることは、当然必要なことと思い込んでいましたが、それは書くことの基本が出来てからでいいことだということが、何冊目かの単行本が刊行されて、はじめて身にしみ、理解出来ました。

自分が極めようとするテーマがあるなら、それに向かってあらゆる知識と体験を得ることが先決であるとも思いました。テーマに関する書物などを広く深く調べるということは、譬えば、同じテーマを追及している人が他にいたとしても、その人以上に博学になるために調べたり、体験したりする必要があると思うのです。そして、智恵として自分のものにすることにあるのです。智恵として身についていれば、単なる知織と異なり、滲み出てくるものと思います。書物から得ただけの知識でよい場合もあるでしょうが、知識とはどちらかと言えば、上べだけのもので深みがないと思いますから、著者の人となりが分からない状態で文章を熱心に読む読者には、心を打つ重みが違うと思うのです。勿論、読む側にもある程度の読みとれる心がなければならないでしょうが。中途半端では中途半端なものしか、生まれないわけです。

全国でも十指に数えられるベストセラー選定書店になっている、小田原の書店の会長に、同人誌が発行される度に贈呈していたのですが、ある時、「あなたはお魚に関係したことばかり書いているんですね」と、言われたことがありました。

魚に関係したテーマだけを書いていたのでは、それだけで生活しようとした時に無理が生じる。もっと別なテーマも書けなければならないのではないか、とその時、私はそういう意味に受けとめていました。

また、別な読者人は、随筆、歴史小説、現代小説の三つのパターンのものが書けないと暮らしは難しい、といった話をしてくれました。

二つの意見は、そのとおりだとも思いました。そして、書店の会長の意を体して、いままでとは別の内容のものを書いてみました。しかし、書き上げてみると、作品の内容はすでに数多い書き手の誰かが書いてしまった内容か、もしくはそれに類似した描写表現のものでしかないような気がしてなりませんでした。

譬えば、男女の恋愛や性行為などの描写を真剣に考えて、文字にして表現しても、私と同族の人間が考えるようなことを表現したに過ぎず、そうした情景描写は何回となく誰かがすでに書いてしまっているとしか思えず、何の新鮮味も、独創的な迫力もない文章でしかないと思えてなりませんでした。

そして、再び自分のテーマを書くことに戻りました。その間、横道へそれていたような時間は、無駄であったのかと思いました。と言いますのは、殆ど日曜日しか会社の休みがなかったその頃の私のサラリーマン生活の中で、そのようなことに費やした時間は、大変貴重な時間に相当するのです。しかし、そのことは、新聞小説を書いてみて、多角的な読者の目を知った時、迂回はいい勉強であったと痛感しました。後になって、週刊誌「週刊釣りサンデー」（平成元年五月から一一月まで）に、連載小説を書いた時も、その時勉強したことは、無駄ではなかったと思えたからです。

先生に教示された「余けいなことには目もくれるな」と言われた説は、そうした経過があって、なおさら、身に染みて重々しく感じられました。

それ以来、私は釣りを素材ベースとして、自然の中に生きている人間の姿を主に書いているのですが、そうした内容で小説を書いているのは、いまの処私だけと思っています。釣りに関しての実技書は、多くの釣人が書き、随筆、随想、紀行の類は、勝れた作家の作品がありますが、失われていく自然の尊さ、豊かさ、それを保護する訴えを、小説の中に盛り込んでいるのも特徴で、内容でもあるのです。

一冊の単行本を出版することは、まず著者が下調べから文章を立ち上げ、組み立て、長時間かけて、身をけずる思いで、私の場合は、ほぼ四〇〇枚の原稿を書き上げる。それを受け取った出版社は、本にするための中身を作り、表紙を考え、帯や宣伝文を作る。場合によっては、宣伝広告を新聞雑誌にうつ必要もありますから、多くの手間と金をかけることになるわけです。出版社の中には、とにかく売れさえすればいいというだけの考えを持っているような場合もあるようですが、本を作ることは、何がしか社会的にも有意義なもので、少しでも豊かな情感を涵養出来ればと意図しながら、役に立つ文化として求められているのではないかと思うのです。

幸いなことに、私の本を出してくれている出版社は、そういう考え方を基本理念として出版してくれている、といっても過言ではないと思います。「釣り文学」と名付けたキャッチフレーズを発起し、定着への努力を払ったのもその出版社ですし、「釣り文学」という新しいジャンルは、私の作品によって生まれたものとも思っています。そしてまた。独自性のある作品を持つということは、固定した読者が出来るという結果を得られる喜びがある反面、気が抜けません。『岩魚』

（昭和五〇年九月・叢文社）を発刊したのを読んで、それがきっかけとなり、新潟県の釣人たちが主になって、「岩魚保存会」（昭和五二年）が誕生したのも、その一例で、現在も継続して活躍し、発展していることも嬉しいことです。

昨今は、釣り好きの人口が増加し、それに伴なって釣具メーカーが売り出している釣り用の着衣、釣具類等多岐に亘り、また、釣人の中には釣技を研究をしている人もいます。道具の良い悪いの見極めから、実際に、一般的な釣人よりも釣れる釣師でないと書けない釣りの技術も、具体的に盛り込んでいるため、釣り続けると共に、大変な苦労が必要な場合もあります。また、そうしたことが固定読者がいてくれる、一要素であるのかも知れません。

「円卓」が創刊されてから二年過ぎた、昭和三八年一二月、小田原の風祭にある私の生家の蜜柑畠で、「円卓」の同人仲間などがわいわい言いながら、密柑狩りをしたことがありました。

その時、先生は私の父とはじめて会って話をされたのは、後にもさきにもこの時だけでした。この機会がなかったら、父は終生、先生と会うことがなかったと思います。

ベレー帽をかぶっていた先生は、次女の克さんとご一緒でした。南北社の大竹延さんはじめ、赤嶋秀雄さん、大森光章さん、萩原葉子さん、三浦佐久子さん、金子きみさん、木川とし子さんや、南北社の人たちも溌剌として若くて、私も独身でした。私が小田原駅東口の出札口で待っていて落ち合い、昼食を小説「抹香町」（ここには遊廓街があった処）などを書いていた川崎長太郎さんが、毎日「ちらし寿し」を食べていたという市内の中心部にある老舗食堂「だるま」で済ませて、小田原城大手門の方から城祉に入りました。

ちなみに、川崎長太郎さんが食べていたという「ちらし寿し」のご飯は、酢めしではなく普通のご飯で、「だるま食堂」では、「かわちら」と名付けて呼んでいたと、いまの経営者夫人が教えてくれた。

現在の小田原城は、明治三年廃城取り壊し後、昭和三五年、現存している旧天守閣の模型を元にして、観光施設的に復元したものですが、三層の建物の中にある展示品は、往時の品が多くあります。北条早雲の肖像画（軸）はその一つですが、肖像画の前に立ってじっとご覧になっていた先生は、

「これはいい顔をしている。この鷹のような目と、その精かんそうな容貌は素晴らしい。いままで見た中で一等いいよ」

と見入っていました。

そして、一般的には、北条早雲は盗っ人だと言われているようだが、決してそうとは思えない。武士が大きく伸びる方向の中で、切り取り強盗は武士のならい、と話されていました。その時の

私が受けた印象は、「新名将言行録」に対する構想が、すでに先生の中には醸成されつつあったことを、発刊されて読んでからはじめて認識しました。

同じ頃、品川の五反田に、秋田料理を食べに仲間で行ったり、沖縄料理を食べに行ったり、時にはご主人が留守がちな早稲田にある仲間の、木川とし子さんのお宅に集まって、会合を持ったりして、随分楽しい会もありました。秋田科理の店では、接待に出ていたかすり模様の着物姿の女の子が、アルバイトでやっているといった話から、東京市外局に勤務していることが分かり、私と同じ、当時の電電公社の職員であることを知った先生は、私のことを、「この人は電電公社でえらい人なんだよ」と、その女の子に伝えました。

電電公社は、昭和六十年（一九八五）に日本電信電話株式会社にかわり、民営化されたのですが、当時は公社で、官庁に等しい位置付けでした。アルバイトは所属長に届け出て仕事に支障を生じないようにする手続きが規則でしたから、その女の子は内緒ということでしたので、先生の言葉をまともに受けて、私への気遣いのためなのか、或は同業という気安さのためか、私の脇に坐りこんで、私にばかりサービスするようになったのです。

暫くすると、先生は、

「こっちにもサービスしろよ」

笑いながらおっしゃったことがありました。

先生は、女性にはいつも大変なもて方をしてましたから、その時は私の脇に坐りこんでいる女の子が、気になっていたのでしょう。

先生の白髪は、艶があって実にきれいでした。

「いつもうちのやつにやって貰うんだよ」

金沢区の富岡に移ってから、さりげなく言われた時の、幸せそうな顔は、いまも映像のひとことして浮かびます。

先生の整髪は雪夫人がしていることを、その時はじめて知りましたが、いわゆるロマンスグレーの魅力といいますか、或は中年の魅力とでもいった方がいいのか、先生は常に女性に好かれて、いまでこそお歳をめした当時の同人の女性群に取り囲まれていて、男性は先生の近くに寄り難いといったふん囲気でした。また、冗談も実に上手で、女性のことなどきわどい話をされるのですが、いや味がないのです。酒は飲めども崩れず、冷静な判断を常にされ、真面目な表情で話されるから、真面目に受け取っていると、冗談であったりしました。

前にも書きましたが、昭和三六年五月一日発行の五月号からはじまった「円卓」は、誌代六〇円（一カ年分七二〇円）毎月一回の例会が、豊島振興会館会議室或は日本間で午後六時から、会費五〇円で行われていました。その間、創刊記念の集い、忘年会、新年会などがありました。

誌代は、昭和三七年二月一日発行から八〇円、四〇年四月一日発行から一〇〇円、四〇年八月一日発行から一七〇円といった変化があり、例会の会費は、当初の五〇円から、昭和三七年二月号例会から一〇〇円、といった状態でした。同人制を廃止したのは、昭和四〇年五月号からで、四月号までである四年間、通巻四五号。その後一般文芸誌となって四一年四月一日発行まで通巻五六号第六巻第三号。これから誌名「南北」として、南北社発行となったのです。その間昭和三九年十月号（一九六四）の編集同人の名簿には、榊山潤先生、大森光章、金子きみ、木川とし子、小島幸次郎（平丘耕一郎）、小室寛、斎藤葉津、杉本光聰（小田淳）、高田嘉代、林青梧、萩原葉子、蛭田一男、三浦久子（三浦佐久子）、芳野清（芦野清太）の一四名で、そのほかの同人は、浅野春枝、石氏謙介、梅本育子、大野文吉、神谷二郎、国見由紀夫、榊原愷夫（佐加保夫）、佐藤鈴子、柴田芳見、只野幸三郎、提木曽子、津田晋一、西岡英明、山崎治の一四名で、全員で二八名が載っています。同人費は、月額一〇〇〇円でした。豊島振興会館は、池袋東口から近い場所で、先生のお宅からは歩いて一五分ほどでした。

昭和三八年の冬だったと思います。同人会の帰りに、嫁の話を聞きたいと、先生がおっしゃって、午後一〇時頃先生のお宅に立ち寄ったことがありました。その夜先生はウィスキーを飲みながら、雪夫人を交えて世間話をされてご機嫌でしたが、いつまでもそうした話にならないのです。先生はおそらく、嫁を貰う気はないかといいたかったようです。そして、先生の胸の内にはその候補者がいて、それは先生の旧知の友人で、大正八年頃雑誌「ニコニコ」の編集をしていた頃知り合った方の娘さんらしいので、もしその方でしたら、私も顔見知りでした。しかし、先生も雪夫人も、そのような内容を一向におっしゃらないまま、夜は更けて、世間話をし続けているうちに夜中の一二時になってしまい、私は文京区小石川の茗荷谷にある会社の独身寮へ帰りました。

その後になって、先生の門弟の方々がいろいろと噂していたことが耳に入りましたが、先生の思惑とは別な候補者を、仲間は相談して立てていたらしいことが分かりました。

その時の私は、そのようなことも露しらず、心にかけていてくれた同人の方々に、胸の内で感謝していました。

その頃私は、私の父や母、先生にも知られていなかった家内と交際していました。その後、そのことを知った父や母たちは、一緒になることに反対でしたが、あの日の夜、先生には付き合っている女性がいることをほのめかしながらも、私は家内と一緒になるつもりで、お互いにいましたから、先生から具体的なな候補者の話を出されたらどうしようかと、胸の中で悩んでいました。そしてあの時、先生と雪夫人がはっきりとおっしゃってくれずにいたことでよかったと、後になって思いました。

その後、私は家内と所帯を持ち、小田原市内の「だるま」の二階で、身内だけの披露を済ませました。段取りをしてくれたのは母で、長男に五月人形を買うように祝金をくれたのも、母の采配であったと感謝しています。

その頃の先生の作品には、昭和三九年六月『武将と囲碁』、七月短編集『長崎の港』が刊行されています。「長崎の港」について、当時の「東京タイムス」は、異色の大収穫と評価し。次のように紹介しています。

榊山潤の短編集です。「長崎の港」をはじめ「小野小町」などのメールヘンの結晶ともいえましょうか。多彩な夕靄の匂いがどの作品にも、ただよっていていわば、底光りのする真珠を媚薬でとろけさせたような作品が集められ、それぞれの作品から放たれる妖しい光は読者を、メールヘンの世界に誘うのです。

しかし、これを、音楽に例をとっていうならば、これは音楽堂から響いてくる大交響楽ではありません。夕靄の中を響いてくる笛の音といえましょうか。

この本は、長編ではなく、短編の集まりだから、そういう感銘をひとに与えるのでしょうが、もともと、この作品群の拠点は、いわば、部外者の美学なのです。

たとえば、小野小町は、部外者どころか、平安初期のヒロインですが、作者は、蔵人頭の少将宗貞などとの漁色の間に、小町をうけとめ、最後には、九世紀の美女の典型ともいわれる彼女に「—女もこんなお婆さんになると、世の中に恐ろしいのは唯、わが身一つの身体だけ」と、男の腕の中でささやかせるのです。

また「非人」では、安政二年の大地震を一人のニヒリストの乞食でうけとめています。やはり、部外者の美学に拠っているのです。

「日本のユダ」は、島原の乱に取材されていますが、山田右衛門作は、やはり、部外者として生き残っています。「長崎の港」ではわずか十名足らずに減ってしまったフェフォの町の日本人が描かれ、やしの木の茂る熱帯の町に、とりのこされた者のニヒルが展開されています。

とにかく、はげしい夕映は美しい。その残映は美しい。そこにニヒルの求道がある。榊山潤氏の姿が、そこに投影され、この八つの短編は、それぞれに部外者の妖しい光を放つのです。

類型化した作品の羅列で、その月々を湖塗している今日の文壇においては、この短編集は、異色の大収穫といえます。読み捨てにはできません。心が乾いた日、書架から取り出して、ときどき、読み返したい文学書の一つです。

また、「長崎新聞」では、全編を貫く無情感として、次のように取り上げています。

戦前、長編小説「歴史」で新潮賞を受け、歴史小説家としての資質を認められながらも、戦中戦後の混乱で、その資質を伸ばすことのできなかった著者が戦後初めて世に問う歴史小説集。表題となった「長崎の港」のほか「小野小町」「格式時代」「非人」「日本のユダ」「真珠」「尼僧」「山だちの話」と七つの短編を集めているが、これらはいずれも、著者が戦後、目立たぬ諸雑誌に発表したもの。

「長崎の港」はキリシタンとなって交趾国（今のインドシナ）に渡り、金もうけをした、一商人が、年老いて商売にしくじり望郷の念やみがたく鎖国の日本へ帰ろうと密航を企てるが、これにも失敗して自殺するという話で「天主は自分の救い主でなくて、かえって自分の夢を裏切るのろわしい存在になった」という不条理を描いている。「小野小町」は、女性の機能を持っていないとウワサされていた小野小町が、ある男に一度からだを与えるが、その後冷たくあしらっているうちに、仏門にはいったその男から、こんどは逆に拒否されるという、ままならぬ男女愛欲の姿を非情な筆でとらえている。その男こそ「後の花山僧正」と著者はいっている。「格式時代」は格式の犠牲となって死罪となった南部藩家臣の悲劇。「非人」は、あるこじきが餓死寸前の浪人父子に金を恵ぐんでやったところ、その行為によって浪人は魂を傷つけられたと感じて親子心中し、そのために、こじきはとんだ災難にあうという矛盾。

昭和四〇年九月には、『囲碁談義』を刊行したほか、囲碁に関しての作品出版を重ね、昭和四二年八月に『日中囲碁盛衰史』を刊行するなど、いかに囲碁に対して深く、長い体験を有していたかを、感じさせるものがありました。

豊島区西巣鴨にお住いだった時も、横浜の富岡へ移転されてからもそうですが、毎年、夏になると、鮎を釣って届けていました。

鮎は私自身が釣ってくるのですから、形が不揃いの場合が多いのです。ほぼ大きさが整うのは、解禁当初の若鮎といった頃で、形は小ぶりです。夏も盛りになって、成魚になった鮎の中には、深い淵などで群泳している鮎の形は、大体揃っていて、鰭の先や胸に黄色の縦縞の色付きが目立って、大層綺麗な姿になります。そういう鮎が淵の裾や上手の瀬、浅場などに出てきて、水垢の餌を食む日課があるのです。出鮎といって、長い期間同じ川筋の同じ場所に通って釣りをしているうちに、その時刻が分かるようになり、鮎がその行動をはじめる頃合いを狙って、そういう鮎を釣りに行くことも出来るようになるのです。従って、粒揃で、美しい姿です。それも鮎の自然な姿なのです。

しかし、本格的に鮎釣りが盛んになるのは、梅雨が明けてからです。梅雨の間はうっとうしい天候で、雨の日が多く、釣りには不向きな条件です。釣人は少なく、その日しか休めない人たち以外は、釣りに行かないのが一般的なのです。その期間に鮎は成長するのですが、私はその時期は、鮎の成長を待つ気持の方が強くて、殆ど鮎釣りには行きません。

梅雨明け後は、夏の日差しが一段と強まって眩しく、汗をかいても、川面を吹いてくる風は心地よいものです。そして、水中には照り込んだ日差しによって、よい水垢が付き、豊富で良質の餌を食んだ鮎たちは脂がのり、体形もがっしりと整います。その頃には大人の鮎となった鮎は、自分の餌場としての縄張りを確保し、一匹狼的な存在となるのが、通常の鮎の成長過程のパターンです。

私の釣り方は、主に友釣りです。友釣りには、「石を釣れ」という諺もありますが、成長した鮎の主食は川底の石に付着した硅藻（水垢ともいう）です。つまり、餌場の確保範囲を縄張りしているので、川底の石を見極めることが必要になるから、そのように言っているのです。そこへよそから侵入しようとするから、追い払う行動に出る。それを鮎の闘争心と言っているのですが、その習性を利用した釣り方が友釣りです。竿先に近い部分の糸はやや太くてもよいのですが、水中に入る部分の糸は、可能なかぎり細くて強い方が水の抵抗が少なく、その糸の先に鼻かんを付けて泳がせている、おとり鮎の動きもよくなるのです。鼻かんからおとり鮎の体側に添うようにして、掛け鉤が付いた糸が尾鰭の少し後部まで伸びている、仕掛けを付けたおとり鮎を、釣竿の操作によってごく自然の状態で泳がせながら、川底にいる野鮎に近付けることが、まず第一のコツです。そして、自然な鮎の泳ぎをさせながら、野鮎を挑ませるような動きをおとり鮎にさせるのが、第二段階です。それ以前の絶対条件として、まず鮎がいる場所かの判別が出来なくては、いい釣りは出来ないのですが。

釣り上げてしまうと、次の野鮎がその場所に付くまでは、鮎はいなくなりますが、一〇分か一五分待っても追う気配がなければ、もうそこには鮎がいないと判断してもよいでしょう。

そういうふうにして、川上へと釣り上がったり、川下へ移動したりして釣るのですが、一番手に付いていた鮎は、強力な大形です。それを釣ってしまった後の二番手に付いた鮎は、餌場が空くのを待機していた鮎ですから、やや小ぶりな鮎なわけです。従って、鮎が最盛期の季節に釣れる鮎の大きさは、往々にして不揃いになる場合があるのです。

そのようにして釣った鮎を持っていきますと、先生は大層喜ばれていましたが、何年か経った頃になって、同人仲間の芦野さんから、「杉本君は、鮎を自分で釣ってきてくれたんだな」と、先生がしみじみ話されていたことを聞きました。

その時私は、いままで私が釣ってきた鮎とは思われていなかったのだろうか。先生は、私が鮎を釣るとは思っていなかったのかもしれないと、はじめて気付きました。それほど、釣りの中でも鮎の友釣りは難しいと、心得ていらっしゃったのかと感じると同時に、前の日に釣って冷蔵庫に入れ、届けた時、私が釣った鮎かどうか半信半疑であったのかとも、思いました。

その頃には、釣り好きであった佐藤垢石さんの話もあって、エッチな品をコレクションしていたが奥さんに発見されるのを懸念して先生のお宅に預けていたことなど、お二人で笑いながらおっしゃってましたが、その後、それらはどうされたのか。

余談になりますが、釣りは戦国の世が終わり、世間が平和になってから非常に盛んになりました。それまでは、一般庶民は釣りをするどころか、釣鉤でさえ、身分が確実である保証が得られないかぎり、作ることが許可されなかったほど、一部の公卿たちしか釣りの醍醐味を知らなかったようです。武士は戦さに明け暮れしていたわけですから、当然ながらそういうゆとりがなかったのでしょう。

やがて、戦がなくなり江戸時代になった時、それまでは花形だった武士階級は不要になって、武術も低調になったのですが、一般的には、武術は相手よりも勝れた技を磨くと同時に、精神面の鍛練が行われていましたから、世の中が安定すると武術と共に精神的な支えを何に求めたらよいのかといった悩みが、藩主にも藩士にも生じたわけです。

そのような時代ですから、長男は親の跡目を継げるからまだしも、次男三男は分家出来るほど豊かな財産がある階級はよいのでしょうが、仕官したいにも就職先がない。婿養子に行くか、自分で職をさがして生活していくほかないのが、その頃の一般的な武家の生活態様でした。

つまり、封建社会の中で育った侍の次男三男は、そう簡単には生活の手段が立たなかった時代であったわけです。そうした境遇の中で日々過ごしていたのですから、小遣いにも事欠き、金がかからず、暇をつぶせる釣りに親しみ、深めていったこともありました。それに、ある程度の教養を身に付けている人たちですから、さらに釣りを楽しくするために勝れた道具を求めて研究を積んでいったのです。

その一方では、良い釣竿を作る評判をきさつけた、釣道楽の金持の隠居などが、金に糸目を付けずにたのんで作って貰うようになったのです。それが釣竿をはじめ、現代に続く釣道具の発展に大いに貢献する結果になったのです。また、そうした経緯があったが故に、釣道具作りが立派な職業として確立していったのです。

つい近年まで、しきりに使われていた竹の釣竿は、その頃から少しも変わっていない工法と、考え方であったわけです。決して平和で豊かな経済状態の社会の中の道楽といった発想からではなかったのです。

従って、藩士たちの生活を保つために、釣鉤の制作や、釣竿作りを奨励したり、釣れようが釣れまいが、じっと我慢して、魚が掛かるまで待つ心構えを、忍耐力の涵養、掛かった魚とのやりとりを闘争心、といった趣旨に置き換えて、武士の精神修養と体力鍛錬に通じると、奨励した大名もいました。

本邦最初の魚拓を作ったと言われている東北の酒田藩は、そういった内容を藩士たちに、跡切れてしまった精神と体力涵養手段として、藩主自ら釣りをして、奨励したという記録が『垂釣筌』などの書物として残っています。

酒田藩にかぎらず、地形的に釣りに恵まれた地方の大名は、釣鉤作りを武士の生活手段とし、或は毛鉤作りを職業として、暮らしを立てたりする施策を推進していた時代があったのです。

特に、繊細で多岐に亘って種類がある、鮎毛鉤作りは、卓越した技術を要することなどからも、現在でも名を成している作者が少なくないのです。加賀系土佐系をはじめ、昭和六二年に通産大臣から伝統的工芸品として指定されている、播州鉤も、そうした中から生まれた日本独特の逸品と言えます。

調べてみましたら、釣りが最も発展した時代は、遺跡の出土品の中に釣鉤の種類も、数も、多くあったことから察して、縄文時代後期から晩期にかけてと、釣竿はじめ糸、浮木、錘りなどの道具が、釣道楽として盛んになった江戸時代の中期から後期にかけて、そして、レジャー産業が盛んになって釣ブームと言われるようになっている現代、ということが言えると思います。それぞれに時代の背景が異り、釣りをする人たちを取り巻く自然の状態や経済状況を含めた環境は、当然異質であるとは思いますが、共通している点は、世の中が穏やかで、平和な時勢にあったことです。

私は、そのような時代に生きていた江戸時代の頃の人物を主人公にして、年々失われていく自然を大切にする必要性があることを訴えることと、からみ合わせた時代小説を書いていたのですが、登場させる人間には、城主あり藩士あり、町人の存在も必要になることもあるわけですから、当時の生活風俗も、考証として必要で重要な一要素になるのです。

また、私は次男で、その当時とはまるで世相は異っていて、人間の考え方も違うとは思いますが、私が育った子供の頃であっても、長男であるか次男であるかによって処遇に格差は多分にあったと感じてました。要するに次男三男はスペア的存在であったように、次男三男側からみれば思えたのではなかろうかと、思うのです。そうした私の立場であったことも、そのような小説を書きたかった一要素であったのです。

ある藩のことを下調べしていると、資料が、ひと通りではないことに気付きました。大筋ではほぼ等しいのが通常の例だったのですが、或る時、先生に、

「歴史の資料の中には、どれが正しいのか迷う内容があります」

と尋ねたことがありました。

するると、先生は、

「そうゆうこともある。その場に居合わせたわけではない。どれが本物で、真実なのか言い切れないものだよ」

さりげなくおっしゃった。

歴史とはそう言うものかも知れない。その時代に生きていた人間であっても、噂をいかにも本物のごとく書き残していたのかも知れない。或は憶測で書いていたのかも知れない。それらが歴史となったものか、その時居合わせなくては本物の内容は分からない。歴史はそう思えるところもある。結局は、多数説をとるか、自分が調べて納得した方をとる以外に、迷った場合の方法はない。といった内容を話して下さったことがありました。

時代小説を書く上で、貴重な意見を聞くことが出来て、それ以来、気持の整理が付いた気がしています。

「円卓」の昭和三九年一月号に、私の「魚見小屋」と題した小説が、掲載されました。

人間は、繊細で豊かな感情、温情を持っている一面、裏切る場合があります。自然の環境は大切にしなくては絶滅してしまうと、広報している公的機関があるかと思うと、隣の公的機関では、緑地を開発する認可をしている状態が理解出来ないと同時に、次第に追い詰められていく自然を唯一の住みかとしている鳥や獣、そして魚たちは、そうした仕打ちをされても物言えず、騒げず、甘んじて受けとめ、生きていかなければならないのです。しかも、報復もしない。

そうした考え方にたって、自然の中で自分の家族を含めた親しい人たちとの間に立たされ、家族らへの愛情を重視すべきか、或は、物言えぬ魚たちへの思いやりを優先すべきか、といった問題を取り上げてみたのです。結局は、家族への深い愛情を意識しつつも、魚たちをも愛し、自然を慈しみながら生きる男の姿を書いたのですが、先生はその作品を読まれて、月例合評会で、「よくあれだけ書けるようになった。いい作品だ」と、感心していたことを、後日、同人の木川とし子さんから聞きました。

その時、私は書いていてよかったと、思いました。

その頃の私は、採用された電電公社の小田原電報電話局から大手町にある関東電気通信局秘書課人事係に、昭和三七年二月から転勤して、山梨県を含めた都内二三区を除く関東地区一帯の、課長等管理者の人事の仕事に付いていました。一月から三月にかけては、毎年管理者クラスの定期人事異動期で、全国的に異動を実施するので深夜に亘り、全国各地との転出入や、関東管内の転勤、成績評価を考慮した昇格などの意見調整をしていて、日曜日も休めず、合評会の日はひどい風邪をひいていて熱が高かったのですが、無理して出勤していた状態だったので、出席できなかったのです。

「円卓」に「魚見小屋」が載って、暫くしてから、改めて先生宅を訪れた折に、先生は、「ああいう小説の書き方もある」

と、真面目な表情でおっしゃった。

先生から、お褒めの言葉を戴けたと感じて、大層嬉しく思いました。その励ましの言葉が、私にとって、次の作品へと意欲が湧きました。

後年になって、その作品に手を加え、「幻魚」と表題を付けた小説が、「電電時代」という、隔月発行の雑誌の昭和四九年新年号に掲載され、小説部門の選者丹羽文雄先生に選ばれて、年間の賞「第二回電電時代賞」を貰いました。サンケイ新聞社の「随筆」に入選して掲載されたのが、三〇年一月一日発行の新年号。「魚見小屋」が「円卓」に掲載されたのが、三九年一月号。今回の受賞も新年号に掲載作品で、私には、一月という月は、何かが憑いてでもいるかのごとく、因果めいたものを覚えたこともありました。

現在使用しているペンネーム「小田淳」は、その作品発表時から使用したものです。小田は、小田原の上の二字、淳は、厚かましい話ですが、先生の「潤」の字違い文字を考えました。家内も賛同してくれて、それで用いるようにしたのです。

昭和五〇年三月号の年間賞発表にあたって、丹羽文雄先生の選評は、次の内容でした。

……もう一度じっくり考え推敲したならば、見違えるほどによい作品になる可能性がある。とくに「幻魚」については、その感が強い。テーマも大きく、深いものがあり着想も面白い。人間の生き方についての問題提起もあり、作者の苦心もよくわかって好意のもてる作品である。

しかしそれだけに構成の破綻や説明的で冗漫な文章が多く、折角の素材が生かしきっていない。更に決定的と思われるのは、作者自身の思考方法に統一性のないことである。それにもかかわらず「幻魚」は捨てがたいものを内包している作品であり、ところどころにキラッと光る才能を感じさせるものがある。同君の作である九月号掲載の「落鮎」という小品を併せ読んでみて、そのことを痛感した。この人は、今後の勉強次第では堂々と受賞できる人のように思う。

真っ先に、先生に受賞の報告におうかがいした時、大層喜んでくれました。「円卓」に「魚見小屋」が掲載された後に、先生のお宅に行った時には、

「思い切ってやってみなさい」

と先生から勧められたことが、記憶にありました。

その時、三三歳になっていた私は、会社を辞めても、退職手当で一年位は食っていかれる自信がありました。先生の勧められるようにしようかと、真剣に考えてみました。しかし、その頃の私には、家内と生まれて間もない長男がいました。そして、電電公社の中での管理機関の秘書課にいて、管理職の人事担当者として実務的に責任ある立場にありました。

どこの会社でも組織内ではほぼ同様ではないかと思いますが、秘書課というポジションは、どんな社員でもいいというわけにはいかないと思います。会社のトップ直属という組織の中の中枢

的立場ですから、将来は管理者として任用出来るような社員を、集めている処なのです。従って、他職場から転用される際には、確実な人材からコネクションで選考した人物を、秘書課長などの職位にある人が面接して決めているといった、厳しい職域です。そのようなポストにいたものですから、思い切りよく、先生のおっしゃるとおり会社を辞めて、小説を書く仕事に専念する方向へ転身すべきか悩みました。身一つであったなら、先生がおっしゃった方向を、確実に選んでいたと思いますし、人生も随分と変わった方向へと歩いていたことと思います。

先生は、時事新報社に勤務されていた頃から、勤めながら小説を書いていましたから、その時の私が置かれている立場も、気持も、よくお分かりになっていたことと思います。そして、いま此処で、という私の年齢的なことをもお考えになっていたと思います。

先生が雪夫人と昭和七年四月に結婚してから、時事新報をお辞めになったのは、同じ年の九月で、三二歳の時です。それから創作に専念するようになりました。

私のその時の年齢は、三三歳でしたから、先生とほぼ同年齢。家内との結婚も三二歳でしたからなおさら、先生が辿った経歴と年代的にもよく似ていると感じました。いまこの時にと、おっしゃった先生の気持が痛いほど、私には感じ取れました。さらに、先生が時事新報を退職した頃の退職金の額は異なっていても、一年間位は暮らせると先生がお考えになっていたこと。私も退職手当金で一年間位は生活出来ること、などを考え合わせると、先生とよく似たその時の状況でした。

結局、私は家族の生活の問題を考えたりして、思い切った方向転換が出来なかったのです。勇気がなかったのです。しかし、そのことがあって、私は一〇年かかるところを、一五年二〇年かかっても、納得出来る小説を書きたいといった竪い決意を持つことが出来ました。

昭和四〇年三月発表の、第一回円卓賞決定にあたって、候補作選考の際に、私の「魚見小屋」が話題になったようです。

後日、先生宅におうかがいした折、その場の模様について、伊藤桂一さんが私の作品を取り上げてくれたことを、快く思われていたのでしょう。

「伊藤君が、君の作品を大分言っていたよ。がんばれよ」

にこにこしながら、励ましの言葉をかけてくれました。

その時私は、「岩魚」の作品以来、再び先生の深い愛情を覚えました。

四〇年三月号、円卓賞発表選考評の中での、伊藤桂一さんの選評には、

短編は総じて低調のように思えた。あまり期待するほうが無理なのかもしれないが、巧拙でなく、気力にとぼしくて、へんに卑屈な作品が多かったのはなぜだろう。そのなかで印象の強かったのをあげると「魚見小屋」（杉本光聰）は、燃焼の不足のまま終っているけれども、少

なくとも作者の書きたい欲求がじかに感じとれて清爽な読後感を覚えた。

と、述べています。

小説を書くのは、自分で、誰も手助けしてはくれないし、手伝ってもくれない。自分の問題だから当然のことですが、そうしたことを、じっと見守っていてくれる人がいることを感じた時ほど、気強く思えることはないと思います。厳しい気性の中にも、温かい心のまなざしを向けていてくれていることが意識出来て、胸が熱くなる思いでした。

「岩魚」が階段の一段目に譬えると、「魚見小屋」は、ようやく二段目に上がれたといった印象を強く持てた頃でした。

昭和三〇年代から四〇年代にかけて、先生は精力的に、歴史ものに充実した仕事をされていました。後の昭和五〇年になって刊行した『新名将言行録』の骨格は、その頃から序々に醸成されていたのではないかと思います。

その一方では、門下生の育成に力を注がれた期間でもありました。

先生が、幽霊を見た話を、私にしてくれたのはその頃でした。

「円卓」（昭和三九年九月号から一一月号）に、「私の四谷怪談」と題して連載した中には、次のような内容が書かれています。

私はこれまで二度、幽霊とおぼしきものを見たことがある。一度は二十三か四の時、一度は三十をずっと越してからである。（中略）私が最初に幽霊とおぼしきものを見たのは、世田谷代田の農大の近くである。友達三人でひと間を借りて、そこへ移った夜、ひっ越し祝いに酒を飲んだ。むし暑い夜であった。三人で冷やの一升瓶を空けて、いい気持になった。蚊が多いが蚊帳はなく、すぐ寝る気になれなかったので、散歩に出た。夜の十一時すぎである。

その頃あの付近は空地が多かった。そういう空地の一つのまん中あたりに、白い着物の女が立っていた。まばらな家の前で夜風をたのしんでいる人はいたが、空地で涼んでいる姿は始めて見た。しかし変だともおかしいとも思わず、通りすぎた。空地の手前の角は医者の家で、軒燈の色が赤かった。

そして陽ざしの下でその空地を見た時、空地に朝鮮朝顔やススキの類が、私の背丈ぐらいびっしりと茂って、足を踏み入れる余地もないということであった。

もう一つは、第二上海事件で、私が上海から帰った翌年である。

当時は大塚窪町にいたが、外へでると大抵は飲み歩いていて、終電車で大塚駅に降りる。駅から都電通りを避けて氷川下へぬける広い通りの歩道をゆっくり歩いてもどる慣わしだった。冬近く風の冷たい夜で、商店はみな閉っていた。

歴史作家　榊山　潤

私は酔っていたから風の冷たさもそう感じない。ゆっくり歩いていると、ふと一間ぐらい先きを歩いていく人影に気がついた。瞳を定めると、兵隊である。そんな時間に兵隊が歩いていることに不審を感じたが、帰還になった兵隊が、途中何かで時間をとられ、こんな時間に家に帰ることになったのであろうと思い直した。

そのうち兵隊は路地を折れた。私はその辺の地図をよく知っていた。入口の左角は煙草屋で、路地の中には長屋が二軒ならんでいるだけである。その先は坂塀になっている。兵隊の家は、二軒長屋の一軒にちがいない。兵隊がもどって、急に明るくなった家うちの雰囲気など私は想像していた。

しかしそんなことはすぐ忘れた。翌日の夕方、私はまたそこを通った。銀座裏に会があって、大塚駅から国電に乗るつもりであった。路地の前を通る時、私は二軒の長屋に注意した。兵隊のもどった家の明るさを、感じとりたいような気持であった。しかし私の目に映ったのは長屋の奥の家の入口にかかった、戦死者の家という木札であった。私は妙な気分になり、角の煙草屋で煙草を買い、

「この裏のお宅で戦死されたのは息子さんですか」

煙草屋の老婆は、私に煙草を渡しながら、

「いいえ、旦那さんですよ。お子さんもまだ三つ、本当にお気の毒で」

「他に兵隊が帰ってくるようなお宅は、ありませんか。この路地に、僕はゆうべ、兵隊がもどったのを見たのですが」

「えっ、兵隊さんが」

老婆は耳を疑う声を出して、私の顔を見つめた。私はおかしなことをいったと後悔して、意味もなく頭を下げてそこを離れた。

そのほかにも、先生は福島県二本松にいた頃にも、幽霊を見たとおっしゃってました。

昭和三二年一二月二一日牧野吉晴さんが、銀座の酒場「カサノバ」で倒れ、病院に運ばれた後急逝した夜、変死扱いしたらしい築地警察署から取調べを受けて、深夜になって出てきた先生は、外へ出て用を足していた時突然倒れた。起こそうとすると、先生が「あっ、牧野が、白い馬に乗って…」と叫んだ。と、桜田満さんは、「大衆文学研究会会報二六号（一九八二、五）にかいてますから、幽霊を見る人は、よく見るものだと思いました。

昭和四五年一二月に『馬込文士村』を刊行した先生は、七〇歳になっていました。その頃から、巣鴨刑務所の跡地に、超高層ビルが建つ話が噂されるようになりました。

先生は大層気にしておりました。おうかがいする度に、その話題がでて、

「大きなビルの近くはいやだね」

口癖のように言っていました。

それから昭和四七年七月に、横浜市金沢区富岡町一二六番地へ移りました。転居された理由は、それだけではなかったように、私は思います。

その時のことを、雪夫人は、「大衆文学研究会報二六号」に、「夢幻半世紀」と題して、次のように書いています。

（前略）老いて故山に帰ろうと言い出して、長男の家に近い横浜に移った。一度は捨てたつもりの生れた土地に、年を経て戻りたいと思うのは誰でも同じであろう。開港当時、日本中から移住して来た所謂他国者同志が、肩を寄せあい助け合って育てあげた横浜は、文明開花発祥の地といわれた近代都市の中で、ふしぎに人情の厚い一面をもつ住みよいところであった。山も海も花も鳥まで、見るものすべて、夫には嬉しかったようだ。

先生が生まれた横浜の久良岐郡中村町、つまり現在の南区とは、根岸湾の反対側の南に当たる金沢区富岡町シーサイドコーポに移転したのです。

富岡は、直木三十五が、晩年の書斎と病いを養生する地として、選んで住んだといわれていますが、横浜の中でも、山、海ありの風光景勝の地であった昔には富岡港もあって、一帯は、のどかな漁村であったようですし、先生が移られた頃は、その面影が一部分残っていました。

故郷を懐しみ、そこで生涯の仕事をなさろうと、生まれた久良岐郡中村町（南区中村町）が見える方角の部屋の窓に向かって、毎日仕事を続けていたことと思います。

豊島区西巣鴨から横浜の富岡へ移った後、昭和四七年一一月には、『日本の歴史・戦国の世―武将逸話集』を刊行。四八年七月には、長年続けてきた碁の解説を辞しました。それは、次に取りかかる終生の仕事になるかも知れない作品に、先生は、全勢力を傾注したい気持があったのではなかろうかと思いました。

そして、昭和五〇年五月『新名将言行録―戦国時代』。同年七月『同―幕末維新』。同年一〇月『同―続幕末維新』と、矢つぎ早に刊行され、昭和五一年一一月『新名将言行録―続戦国時代』。五二年八月『同―源平時代』を、それぞれ書いています。その間およそ二年間、単行本五冊、原稿用紙一八〇〇枚を書き上げたのです。その時先生は、七五歳から七七歳の年齢に達しておりました。

これらの作品は、歴史―戦争―市民の風俗―歴史へと辿り、史伝文学に到達したものと、高く評価され、その偉業は多くの人から讃えられました。

歴史作家　榊山　潤

「夢幻半世紀」の中に、雪夫人が書いてますが、「新名将言行録」を書き終えた先生は、精も根も尽きたと申しますか、手がふるえて思うように文字が書けない有様になり、三Bなどのやわらかい鉛筆を用いて書いているとおっしゃっていました。私の会社で使っているボールペンが書きやすかったので、同じものを数本試しに差し上げましたら、「これは大層楽だ」と気に入って喜こばれたことがありました。

雪夫人が書かれた「夢幻半世紀」の中には、次のことも書いてます。

ここで自分に残った余力のすべてを注ぎこんで「新名将言行録」の千八百枚を書きあげた時、万事は終っていたようだった。体力も視力も極度に衰え、病気になってからの夫は、私の父とのかかわりあいは僅か八年足らずであったのに、どことなく父を思わせるようになった。話すことも食べ物の好みも、動作のすべてまで、晩年の父そっくりになってきた。夫と連れだって散歩に出る毎日、夫の手をひきながらも、父の手をとっているようで、心の底で、不肖の子を詫びる父への思いでいっぱいであった。また同時に、父亡きあと、母をひきとって、やさしくいたわって父のもとに送りとどけてくれた夫への感謝をこめているつもりであった。

その間には、昭和五〇年九月、私の「岩魚」出版に当たっての推せん文を書いていただき、他の門下生の出版記念会には必ず出席して、激励してくださったことを考えますと、日頃の厳格さは、即ち慈愛の情にほかならないものであると、その度ごとに認識をあらたにし、うかうかしてはいられない心境に身がひきしまる思いでした。そして、本物を書けるようになるということは、七〇台に至ってようやく総てのものが見えてきて、練り上げた文章が作れるようになるという実感をしみじみ感じ、五〇台になったばかりの私などは、まだまだ青年、という印象を強くしました。

昭和五三年二月一日、そのような先生の状態に、先生を激励しようということになり、駒田信二さん、林富士馬さん、伊藤桂一さん、尾崎秀樹さんらを軸として門下生が集り、「新名将言行録」完成を祝う会を、先生が日頃すきだった横浜中華街の「一楽」で行いました。その日、榊山先生の「榊」の一字をいただいて、「榊の会」が発足したのです。

その時のメンバーには、浅野春枝　芦野清太　伊藤桂一　伊藤太文　梅本育子　尾崎秀樹　小田淳　大竹延　大野文吉　大森光章　金子きみ　木川とし子　駒田信二　斎藤葉津　柴田芳見　葉山修平　萩原葉子　林青梧　林富士馬　平岡耕一郎　蛭田一男　松村肇　三浦佐久子らの二三名が加わりました。

次の年の五月、第二回目の「榊の会」を丹沢湖畔の三尋木さんの民宿で一夜を語り明かそうと計画して、会員の方に案内を発送したのですが、間近になって先生の体調がすぐれず、無理して身体にさわってはと考え、雪夫人や主だった方々と相談して、結局、とりやめた方がよさそうだといった結論になって果たせませんでした。

歴史作家　榊山　潤

丹沢湖畔玄倉にある三尋木さんには、先生の妹、明治四五年生まれの正世さんが、嫁いでいたのです。

三尋木さん家族とは、私の家内方の叔母に当たる長男と、正世さんの孫娘と見合いをしたことがあったのです。東京の八重洲口の食堂で、榊山先生夫妻と三尋木さんの長男、そして私と家内と叔母が立ち会い、二人を会わせたことがあって、私も知っていたものですからお願いしたら、貸切でどうぞ、とご主人が都合してくれて段取は整っていたのです。先生も大変喜んで、楽しみにしていて、

「車で送ってもらうよ。途中尾崎一雄や川崎長太郎にも会いたい」

とおっしゃっていたようで、私も案内するつもりでいましたが、それ以上に、先生の身体の方を大切に思い、元気に復したら叶えられることもあると思い込んで、やむなく取り止めたのです。

いまになって思い返しますと、少ない参加人数であったとしても、また、少し無理をしてでも、実施していた方が心残りがなかったのではなかろうかと、私は、そのことを思い出すたびに後悔しています。久しく会う機会もなかった尾崎一雄さん川崎長太郎さんに、お会いしたい先生の気持をひしひしと感じてはいたのですが、私一人が、先生の体調と、どちらを優先して選ぶべきか、決定出来る立場ではない。一番先生の身体を熟知しているのは、終日一緒にいる雪夫人以外になく、また、万が一のことまでに思いを巡らせると、雪夫人に判断をゆだねたのです。

先生が、国立西所沢病院に入院して、精密検査を受けられたのは、それから間もない昭和五四年五月でした。院長は、雪夫人と若い頃からの知り合いで気が置けないといって、個室で入院生活を過ごしていました。

私が様子を伺いに行った時、

「少しくらい飲んでもいいんだって」

先生は、いかにも嬉しそうに話してました。

しかし、先生は、検査疲れしていて、ひどく体力を消耗していましたが、元気でした。

私は、電電公社の病院勤務で庶務課長をしていた経験があって、病室をどのように設定したらいいとか、ナースは病床数に対して何人必要かなどと共に、無駄がないような設備と人件費で、いかにしたら気持よく、病人が入院生活を過ごし、看護する側も積極的な行動が発揮出来るか等、採算をも考慮しながら経営の一端を担当したこともありました。病院とは、の経営態様は同じように公立だった点から察しても、大体推側出来ました。

医師は検査して悪い所があるかないか調べなくては、対応出来ないでしょうし、病気持ちでも使う薬が決められないわけです。とはいっても、肌に触れてみるだけでは判断出きないでしょうから、検査する内容によっては、相当体にこたえる項目もあるのです。

医療関係者の意見の中には、病院には何か自覚症状があったら診てもらえばいい、といった考え方の人と、日ごろから定期的に検査しておいた方が安心だ、という人がいます。定期的に検査していて早期発見可能なものもあると思いますが、なかには、検査したばかりなのに発病したといった人もいます。全般的に考えますと、年齢が高く検査疲れした後の回復に時間がかかる体力の人の場合、検査の項目を選んで行った方がいいのではないか、何もかも行うというのは一考した方がよい気がしていました。

次第に門下生が見舞うようになった時、雪夫人が私の顔を見て、

「きっと杉本さんが、職権濫用でみんなに電話して知らせたのね」

と言われましたが、それは何となく胸の内に嬉しい感情が込められていたと、その時私は勝手に解釈して、この行動はよかったと思いました。

その頃の私は、横浜の電話局に勤務していましたから、それとなく同人仲間に知らせたのです。

「私の勤務先は電電公社ですから」

雪夫人には笑いながら答えましたが、職位上個室にいましたので、どこへ連絡するのも好都合な地位にあったわけで、「榊の会」発足以来、世話人ということもありましたから、先生の情報を流しただけなのです。

先生は、当初、悪いところを探して治療して貰うつもりの検査入院だったようですが、検査検査と続き、胃カメラをのまされたり、眼底検査をしていたようでした。特に胃カメラの時には

「死ぬ思いだった。もうご免だ」と話してましたが、ドクターに隠れて、煙草を吸っているようでした。

先生を見舞った仲間の中には、

「君は誰だい?」

と言われて、先生の衰弱ぶりに驚いた、と言っていましたが、私は、お会いする時は体調がよい時ばかりだったのか、

「君は何回位、わが家にきたかな」

と聞かれたり、お孫さんの話を楽しげに話し、傘寿のお祝いの時に来ないかと誘われ、全く以前と変わりありませんでした。

何回目かの折には、いまの文学賞のあり方について、先生は気迫を込めて、不満を述べられた。

「何が本当の文学であるのか解らなくしている。本を売らんかなだけの姿が見え見えで、売れれば儲かる処があるが、文学という質はどうなっているか、二の次になっていてひどいと思う。もっと真面目にならなければ、日本の文学は駄目になる。中には勝れたものもあるが、賞を貰えば、これが日本の文学であると、一般の読者は思い込んでしまうことになりかねない。困った話だ。君たちはそれに負けては駄目だ。こうあるべきであると、主張を続けなさい。いまはひどい。これが文学と思っているらしい」

歴史作家　榊山　潤

先生はこういった内容を、滔々と力説されました。

そして、本当の文学を知らしむべく、雑誌を出したいと、意欲を表明し、元気になったら具体化しよう。一人でも二人でもいい、といった話までに発展して、先生のお考えは進んでいました。

私も日頃から、本当に先生のおっしゃるとおり、そうあるべきと考えていたのですが、先生の覇気には圧倒されました。そして、一日も早く元気になるよう、心から祈る気持で一杯でした。

昭和五四年五月一四日、国立西所沢病院に検査入院中の対話記録に、その頃の芥川賞受賞作品に対して、次のような内容があります。


「結局、売ろうとする精神以外になんにもなくなったね。前はいい小説を発見してくれるいいところがあったね。いまのは駄目だね。本を売ろうとする。だからこういうことに負けてちゃあいけないと思うんだ。文学はそんなもんじゃあない。もっときちんとしてあるべき筈だからね。だから、僕は、今度気力が出てきたら、一人でもいい、というくらいの気持でいるのだがね。それにしても、本当にひどいよ。ひどくなっちゃった。こんなにひどいことって、いままでの日本にないだろう」

検査の結果、先生の身体の方は、特別に悪いところはなかったようでした。何を食べてもいいということでしたし、お好きなウイスキーも少々なら飲んでもいいと、院長から許可された。煙草もこっそり吸っているんだ。と、喜んでいました。

その日、私は東京のデパートで見舞に果物を持参し、話を聞いているうちに、自宅用にしてもいいと思って買っていたクッキーやチョコレートなどを、全部置いてきました。

雪夫人は、

「みんな、なくなってしまったのね」

と、大笑いしていました。

私にとっては、元気な姿がなにより嬉しかった。


先生が退院されてから、富岡の家へうかがった時にも、文学のあり方についての話題がでて、先生の青年のごとき情熱を、ひしひしと感じました。

私は、先生の話を聞いた時から、「円卓」の同人だった何人かに声をかけて、具体的に動こうかと考えていました。

先生は、ウイスキーをちびりちびり飲みながら、快活な弁舌で、身体に障りはしないかと思うほど、次から次へと話題が続いて、長話になってしまいました。脇にいた雪夫人が、後で疲れが出てはと、気遣っている気配を、私は感じているのですが、先生の話はいつ終るとも区切りが出来ず、帰るきっかけがつかめない状態でした。

後髪ひかれる思いで、先生宅を出て、夕方の日差しを浴びて京浜富岡駅へ向かう坂道を下りながら、さぞ先生はお疲れになったことだろうと、反省していました。

しかし、私にとって、先生との対話の時間は、先生から最後の励ましの教訓を得られた、貴重な時間であったと感謝すると同時に、文学に向かう姿勢を示してくれた、尊い教えを受けた時間であったことも、いまでも胸の奥に深く刻まれている出来事でした。

その折、静岡県小山町にある富士霊園内の文学者の墓に刻む作品名を「歴史」に、という先生の希望をお聞きしました。早速、日本文芸家協会相互扶助委員会委員長をされていた、伊藤桂一さんに伝えましたら、伊藤さんも先生から聞いていたようで、具体的な手続きを取り計らって下さいました。

先生は、近くにいい女医さんがいて、よく診て貰えるなどと楽しげに話されるほど、体調は回復し、家の周辺を、雪夫人と散歩出来るようになりました。

昭和五五年五月には、『信長公記・上下』の原本現代訳の仕事をされました。

同じ年の六月、『信長公記』の刊行を祝い、「榊の会」主催で、「先生を励ます会」を、横浜中華街「一楽」で催しました。先生は非常に元気になっていて、機嫌よく過ごされていましたので、この分でいけば、再び健康に復するだろう。検査入院していた時の、先生の思いを実現へと行動を始めようかと考えていました。その日、先生が聘珍楼の小ぶりの中華まんじゅうを特別気に入っていたことを知っていた私は、お土産に差し上げた思い出があります。

それから二月、三月経つうちに、先生の体力は急に衰えが目立ちはじめ、昭和五五年七月二七日日付の雪夫人の手紙によりますと、「毎日お暑いせいか、老夫は全く食欲をなくして困っています。嗜好が全く変って、以前好きだった、おそば、お豆腐など見向きもしなくなりました。その上、以前から好きでなかった魚類は、ますます嫌いで、長男が釣ってきたものも決して食べません。どうしていいのか全く見当がつきません」と、嘆かれる有様になりました。

その年の昭和五五年九月九日、富岡のご自宅（横浜市金沢区富岡町一二六番地富岡シーサイドコーポH棟二〇五号）で、先生は七九歳の生涯を終わりました。あと二か月で満八〇歳でした。天命とは非情で、はかなくもあります。先生八〇歳のお祝いは、その年の春に、家族でされていた記憶があります。

私は、知らせを家内から受けた時、静岡県函南町にある伊豆逓信病院に勤務中でした。自宅がある小田原に立ち寄らず、先生宅へ直行しましたが、夜の九時近くになってしまいました。同人仲間は、そろそろ引き上げようかと話していたようですが、大森光章さんが「杉本さんは、行くといったら必ず来る」と言って待っていてくれました。

大森さんは、「円卓」のことについて、先生の手助けを随分となさった方で、「文芸日本」時代の頃から、先生とはお付き合いが続き、「円卓」を推進していた中心的な方でした。

私が昭和五〇年九月「岩魚」「幻魚」を主軸とした作品集を出版するに際して、その年の春に先生に相談したのですが、その時、先生は、

「是非出しなさい」

快く勧めてくれて、推せん文を書いてくださった。そして、

「叢文社がいいだろう」

先生がおっしゃって、雪夫人も、

「あそこがいいわね」

喜んでくれました。

叢文社の社名は、先生が命名した社名で、社長は山口県出身の伊藤太文さんで、昭和五年生まれですから、私と同年でした。「先生を囲む会」などで、伊藤社長とは何回か会っている筈でしたが、私には、はっきりした記憶がその時はありませんでした。

先生は、

「大きいところもいいが、あそこはいい本を作ってくれるよ」

と言って、推せんしてくれたのです。

そして、昭和五〇年九月三〇日発行『岩魚』を、処女出版することが出来たのです。出版記念会を発起してくれて、昭和五一年三月六日神田明神会館で、同人仲間の柴田芳見さんと主になって、企画実施してくれたのも大森さんでした。

それ以来、神田明神会館は、何人かの知り合いが出版記念会の会場に使用したり、毎年正月に、初詣を兼ねて「榊の会」を催したりしているのですが、交通の便がよいこともありますが、私のそうしたきっかけもあったのです。

叢文社とは、それ以来付き合いが現在も続いています。

歴史作家　榊山　潤

先生の通夜は、九月一〇日、告別式は翌一一日に決まりました。共に、近くの集会所で行うことになりました。

告別式当日は、驟雨のような雨の日で、時折、嵐のような強風が吹いて、その合間には強い日が差すといった、気紛れで、変りやすい、暑い日の午後でした。最後のお別れに、先生の顔を見た時、穏やかな笑みすら浮かべているように、私には見えました。

戒名「釈源覚」、通夜と同じ場所で告別式が行われ、葬儀委員長に林富士馬さん、弔辞は旧友を代表して赤嶋秀雄さん、文芸家協会を代表して協会常務理事伊藤桂一さんが述べられ、私は、式次第を作り進行司会を行いました。

その後、先生の文学者の墓の費用の一部として、第三回「榊の会」（五六、一、二四）の折に、雪夫人に贈呈し、門下生の気持をお伝えしました。

同じ年の昭和五六年五月には、文芸家協会主催による文学者墓前祭に、私は家内と出席しました。別に設けた富士霊園の榊山家墓地に埋葬し、文学者の墓には分骨して、雪夫人が埋葬しました。

静岡県小山町にある文学者の墓は、メイン通りの両側一キロメートルほどに及ぶ桜並木の、ゆるやかな坂道を上がり切った左手の明るい雑木林の中にあります。南向き斜面には、小さな野草が足元一面に生え、木もれ日がほどよく射しこみ、墓碑はおよそ三〇名ほどの氏名を表示出来る衝立状に建ててあって、一人一五センチ幅の石面に、上から氏名「榊山潤」代表作品名「歴史」没年「一九八〇・九・九」年齢「七九歳」と、刻字されています。

先生が、文学者の墓とは別に、墓地を富士霊園にしたのは、先生の妹さんが嫁いでいる丹沢の玄倉からは近いこともあったと、雪夫人から私は聞いたことがありました。

霊園からは、富士山が間近に見えます。先生は、富士を挑めながら永眠されていることと思います。

後日、雪夫人から、トランク一杯の手帳の中には、昭和五四年二月一八日に、次の文があったことを知らされました。

死を目前にして、何のための命であったかを考える。何のために生まれたかを考える。妻よ、
五十年苦労を共にした妻よ、ひと足先に行く、この世での深い感謝に心から手をにぎり無の世界で君を待つ。
子供たち、孫たちよ、君たちにも心からの感謝をおくる。生きることの半分の楽しさを、君たちは私に与えてくれた。元気で仕合せな人生を、君たちに代って神と運命に祈る。では、さようなら。

二月十八日

歴史作家　榊山　潤

先生が国立西所沢病院に検査入院された、三か月ほど前に書かれていたものです。

先生逝去の同じ年の五五年（一九八〇）一一月四日には、私の母ミツが、七五歳でこの世を去りました。私は、家内と兄妹と共に市内の病院で母の臨終をみとりながら、昔、鉄砲鍛冶であったと言われ、名字帯刀を許された古い家に生まれて跡取を迎え、家の格式を保つ気配りなどに、長年苦労を重ねてきた母のことを想った。そして、私が幼かった頃に、高熱が治まった時、母の背中におぶさり、一文菓子やへ連れていってくれたおぼろげな想い出や、私が肺結核を患って、熱海の病院へ入院する時の気遣いや、入院中、病院の食事では好きなものも自由に食べられまいと、好きだった海苔巻すしを作ってきてくれたのを、周囲のことを意識し過ぎて素直に受け取らずに、母の、悲しげにうつ向いていた時のまなざしを意識しながらも、持ち帰らせたりした時の後悔など、母に対する諸々の想いが浮かび上がり、次男であった立場とはいえ、私はなんの報いることなく、過ごしてきたことを改めて悔いていた。

この年は、私にとって、悲しい出来事が続きました。

先生が亡くなった後の、昭和五七年には、長男隆さん家族が、横浜市金沢区釜利谷一九一七の八五（現金沢区西釜利谷二ー一三ー二四）に新居を構えられ、それを機に、雪夫人は住んでいた金沢区富岡の家を引き払って、隆さん家族と一緒に住むことになりました。

昭和五七年九月一一日日付の、雪夫人からの手紙には、「私は十月三十日以后、金沢区釜利谷一九一七の八五でございます。明日のことは分かりませんが、とにかく自分のペースで生きてゆこうと考えています」と、書いてありました。

先生のお宅には、西巣鴨時代から狸の置物がいくつかありました。西巣鴨の家の時には、東向きの入り口の木戸を開けて入ると、玄関左手に黒い犬がいました。玄関の引き戸を開けると、左手が和室の客間で狸の置物は、和室の左側の棚に並んでいました。

街で見かける陶器店に並んだ狸の置物は、大きなきん玉をぶらさげ、大福帳を手にした立ち姿が多いのですが、先生の家の狸は、寝そべっているもの、女の顔をして正座したもの、一時流行った、シェーと発声して右手を頭の上に上げ、左手は腹の処に当てて右足を上げた、おどけたポーズをしたものなど、珍しい表情の置物ばかりでした。

私は、その頃からどなたが集めているのだろう、と気になっていたのですが聞きそびれていました。ある時、雪夫人が、

「デパートに展示会などがあると、さっさと出掛けて行って大切に抱えてくるんです」

笑いながら、懐かしげに話してくれたことがありました。

私はその時、時によっては狸になることも大切な処世術ではなかろうかと考えました。

ですが、なりきるには非常に難しいことでもあると思います。

こよなく狸を愛された先生の遺品として、私は、シェーとポーズした、背丈三〇センチほどの狸の置物を、雪夫人から頂戴しました。

独特の感性を感じさせる小説を書いていた、横須賀に住んでいた穏やかな人柄だった同人仲間には、寝そべってた姿のを差し上げたと、雪夫人は言ってましたが、彼は、平成五年五月に亡くなりました。

それより前の平成五年（一九九三）一月一一日には、雪夫人が八三歳で急逝されました。その日、午後二時過ぎ、長男夫人たか子さんから、雪夫人が午前一〇時一〇分息を引きとったと知らせを受けて驚き、取りあえずおくやみの電報を打ちました。

前の年の暮れの一二月一八日に入院されて一か月足らずの間の出来事でした。私は、あまりにも早すぎると思いました。先生のことも、もっと話をお聞きしたいと思っていました。

平成四年の暮れは、翌年の一月九日に、神田明神会館を会場にして、大竹延さんの労作『将棋歳時記』の出版記念会案内状約三〇〇人の方に発送したり、実施の段取りに追われていましたから、とにかく無事にお祝いの会を済ませてからとのみ、私の頭の中は一杯でした。

それに、たか子さんから、横浜市金沢区にある済生会若草病院に入院した日に連絡を受けた翌々日の、一二月二〇日に、取りあえず見舞いに行った折の元気さ、病人とは思えない表情をしていました。気になったことと言えば、食べるとお腹が痛むからといって、何も食べずにいる、といっていたことだった。その時、丁度来合わせた長女の紀さんが買ってきたパック入りの牛乳を、ひと口、ふた口、口の中に含むようにして飲んだだけでした。


見舞ったその日、顔をみて、私はほっとしましたが、間無しに、これから検査があるからと言ってました。そして、ストレッチャーに乗って病室を出る時、

「もっと話をしたいことがあるから」

私に待っているように言われました。

しばらく経って、戻ってきた雪夫人は、

「年賀状出しといたわよ」

笑顔でいい、昔の懐しい話や、家族の楽しかった頃や悩みごとの話など、いろいろな内容の話題が続き、二時間ほど話し込んでいました。

その時に、腹水がたまっているようなことをもらしていましたが、それから間なしに、腹水を

抜いていることを聞きました。

腹水がたまる症状が出てくることは、病状としては芳しくないことを、病院に勤務していた時に聞いてましたから、不安な思いに駆られていました。


年が明けて、平成五年一月九日、大竹延さんの『将棋歳時記』出版記念会は、予定どおり開催されましたが、懇親会に入った中ば頃、出席していた次女の克さんの主人北川洋さんが、容態を伺う電話を入れたところ、雪夫人の容態がよくないと、急拠病院へ向かったことが、私の記憶にあります。

その時、伊藤桂一さんと私で、司会をしていましたが、不安な気持でおりました。

私の独身時代から、家内と世帯を持ってからも、先生ともども折に触れて気遣ってくださった雪夫人でした。私は、家内と共に、富士霊園にある文学碑公苑で、毎年文芸家協会が催す「文学者の墓墓前祭」には、先生が亡くなってからは殆ど参列し、同時に、先生の墓参を続けていますが、これまで文学の面だけでなく、大人として育てていただき、日本芸術院会員であり日本文芸家協会常務理事をなさっている作家の伊藤桂一先生、すぐれた評論家として活躍され日本ペンクラブ会長をなさった尾崎秀樹さんはじめ、素晴らしい先輩や、心豊かな方々と知り合うことが出来ていまに続くのも、先生夫妻によってであると、感謝の気持を併せてのこととも思っています。

そして、時が経つにつれて、先生のことがあれやこれやと想い浮かび、常により添うようにしていた雪夫人のことが、狸の置物を見る度に想い出され、時にはお二人の明るい笑い声が聞こえるようなこともあります。

西巣鴨にいた頃、献体の手続きを済まされていた雪夫人のご遺体は、病院から直接横浜市大病院へ引き取られました。

一月一六日、ご家族とともに、金子きみさん、大森光章さん、三浦佐久子さん、そして私の四人が、雪夫人の写真をまえにして、しのぶ会をいたしました。献体したご遺体は、一年半位経たないと帰ってこないらしいと、隆さんがその時話してましたが、平成六年八月六日遺骨引渡しが、横浜市大病院で行われ、翌日の八月七日富士霊園の榊山家墓地に埋葬されました。

その日、ご家族と共に、大森光章さん、平丘耕一郎さん、私の三人で、「榊の会」を代表して参列。御霊前に、香料と花を供えました。

上空には白い雲が、いずこへ行くともなく漂い、富士山が間近く見える丘で、線香の淡い煙りと匂いが流れる中に佇んでいる時、私の胸のうちは、なんとはなしに、ほっとした気分に落ち着いていました。

年譜

年　譜

明治三三年（一九〇〇）

一一月二一日神奈川県久良岐郡中村町（現横浜市南区中村町）で、父竹治郎、母クニの次男として生まれる。本名源蔵。

明治四五年（一九一二）　一二歳

二月妹正世生まれる。その後、実家は火災に会い、父の道楽や他人の借金の保証人になって家作を全部失い、西戸部に移転。

大正四年（一九一五）　一五歳

商業学校を退校。この頃、家族は川和（横浜市緑区）へ移転したが、西戸部に留まって間借り生活をしていた。

大正七年（一九一八）　一八歳

横浜の貿場商カーチス兄弟商会で働く傍ら、ＹＭＣＡで英語を学んでいたが、満州浪人の矢部某に誘われて上京。雑誌「ニコニコ」の編集にあたり、売文社関係者や赤嶋秀雄らと知り合う。筆名潤は、この頃すでに用いていたようである。この頃、家族は小机（横浜市港北区）に移転。

大正一二年（一九二三）　二三歳

時事新報社に入社。同社発行雑誌「少年」に読物を書いて生田葵山に認められ、「少年」

（編集主任安部季雄）の編集者となった。「少女」には、牧野信一がいた。この頃、池上（東京都大田区）に住んでいたが、九月関東大震災で住む所がなくなり、家族がいた小机へ避難。

大正一三年（一九二四）　二四歳

一月、時事新報社へ正式に出社。足立たつと馬込に住む。

大正一四年（一九二五）　二五歳

時事新報社学芸部記者となり、青柳安茂に認められ、囲み記事を書くようになる。

昭和二年（一九二七）　二七歳

一月「新聞雑誌編輯者より文芸家乃至寄稿家に寄せる言業―アンケート」。四月「新聞文芸欄編輯者の抱負―愚痴っぽい感想」。一一月「既成文壇の崩壊期に処す―百の理屈も屁」。一二月「疲れた風景」。（いずれも文芸公論）を発表。

昭和三年（一九二八）　二八歳

五月「不同調漫談会―第一二回」（不同調）に、上泉秀信らと出席。

昭和四年（一九二九）　二九歳

三月「アンケートに対する回答」（文芸レビュー）を発表。

昭和五年（一九三〇）　三〇歳

一〇月、母クニ死去。七月「A子B子」（漫談）。一〇月「海港の町で」（文学時代）を発表。

昭和六年（一九三一）　三一歳

秋、足立たつと別れて、馬込を出る。その間、吉田甲子太郎、萩原朔太郎、尾崎士郎らとの馬込時代がある。同人誌「文学党員」、中河与一の「新科学的文芸」に加わった。一月「一日」（文学党員）、「読経と秋風」（詩神）、「一九三一年の金言―アンケート」（近代生活）。四月「埃」（新科学的文芸）。五月「四月創作諸家評―アンケート」（近代生活）、「発端」（作品）。六月「文壇は面白い」（近代生活）。七月「電車で書いた月評」（新科学的文芸）、「空地の唄」（近代生活）。八月「失った支柱」（新科学的文芸）。九月「季節の怯懦」（作品）。一二月「老人のゐる風景」「空・陸・海」（いずれも新科学的文芸）、「彷徨」（創造）を発表。

昭和七年（一九三二）　三二歳

四月、佐倉雪と結婚。京橋八丁堀に住む。九月に時事新報社を退社して、中野区大和町に移転。退社は、四月に中村武羅夫の推薦で「新潮」に発表した「蔓草の悲劇」を、社内の人達から嫉視されたことに原因があったといわれている。退社によって創作に専念し、市井の小市民の虚無的な生態を書いた。五月三日には、阿部知二、井伏鱒二、尾崎士郎、船橋聖一、室生犀星、岡田三郎らと、徳田秋声宅を訪問、秋声夫人の亡くなった日を記念した「二日会」から「秋声会」を結成し、同人誌「あらくれ」を七月に創刊（七年七月から一三年一一月）した。二月「発端」（文学クオタリー）。三月「母と秋風」「夫婦」（いずれも新科学的文芸）。四月「蔓草の悲劇」（新潮）、「近代女標本室」（文学時代）。六月「童話」（文学クオタリー）。八月「新聞社風景―夏日風景集」。一一月「株式店員と洋装の女―日本橋風景」（いずれも新潮）を発表。

昭和八年（一九三三）　三三歳

四月、佐々木茂策の好意により、北海タイムス、河北新報、新愛知、福岡日日の新聞四社連合事務局に勤務。三月「愛は幽鬼の如く」。七月「紫団」。九月「挿話」。一〇月「創作批評に対する感想―回答」（いずれも新潮）、「秋」（若草）を発表。

昭和九年（一九三四）　三四歳

東京都小金井市下山谷に転居。長い間不和だった父と和解、父と妹を引き取る。夏、田中貢太郎を中心とした随筆雑誌「博浪沙」が創刊され、尾崎士郎、井伏鱒二、坪田譲二、大木敦夫、高田保、鈴木彦次郎、浜本浩、河野通勢、岩崎栄、平野零児、金谷完治、山崎海平、清水泉、日吉早苗、片岡貢ら二〇名近い人々と共に参加。三月「友情について」（行動）。四月「四月の風」（新潮）。六月「酔うこと」（文芸通信）。八月「ご挨拶代りに」（浪漫古典）、「夜風」（若草）。九月「アンケート」（文芸通信）。一〇月「をかしな人たち」（新潮）、「感傷の一日」（文芸通信）。一一月「日記」（博浪沙）。一二月「退屈」（行動）を発表。

昭和一〇年（十九三五）　三五歳

三月・長女紀誕生。七月、新聞四社連合を辞し、文京区小石川に転居。三月「春」（新潮）、「アンケート」（文芸通信）。四月「夜更の駅」（若草）。六月「無為」（文芸通信）。七月「文学を志す人のために―アンケート」（文学案内）、「初めて逢った文士を語る」「アンケート」（いずれも文芸案内）。一〇月「傀儡」（新潮）、「小さな復讐」（文芸）、「私の最も影響された本―アンケート」（文学案内）。一二月「アンケート」（文芸通信）を発表。

昭和一一年（一九三六）　三六歳

十二月、父竹治郎死去。一月「とりとめもなきこと」（文芸通信）、「牧歌」（早稲田文学）。三月「映画―人生劇場」（文芸通信）。四月「駘蕩の春」（文芸）。五月「彼の死顔」―牧野信一追悼」（作品）、「怪談」（文芸通信）。六月「夜の眺め」「文学賞を与へるとすれば―昨年度に於ける作品について―回答」（いずれも新潮）。八月「小悪魔」（中央公論）。九月「立秋の感想」（文芸通信）、「隣人―特輯短編小説十二篇」（作品）。一〇月「兵児帯の女」（文芸懇話会）を発表。

昭和一二年（一九三七）　三七歳

九月、日本評論社の特派員として、上海戦線に向う。この頃からルポルタージュや社会小説、歴史小説に新境地を開いた。四月「サル蟹合戦」（新潮）。七月「悪童―に就いて」（早稲田文学）。九月「結婚」（新女苑）。一〇月「桃太郎の出征」。一一月「流氓」（いずれも日本評論）、「戦慄の上海見聞記」（新潮）。一二月「昭和十二年度に於いて最も印象に残った作品―諸家回答」（新潮）を発表。九月第一創作集『戦場』（版画社）、『をかしな人たち』『上海戦線』（いずれも砂子屋書房）を刊行。

昭和一三年（一九三八）　三八歳

この頃、歴史小説を得意とする作家が登場したと称された。一月「困った弟子」（新潮）、「物わすれ」「竹盗人―を読む」（いずれも文筆）。二月「日記」（新潮）、「苦命」（日本評論）。四月「病気・うちの子供」（文筆）、「蝕まれた学生々活記」（新女苑）。六月「生産地帯」（日本評論）、「無題」（文筆）。八月「民俗的自覚―文学者は如何なるかたちで現下の日本を支持すべきか」（新潮）、「しばてん」（博浪沙）。一〇月「歴史」（新潮）、「もんぺ」（文芸）。一一月「文学・戦争・文章―座談会」（文筆）。一二月「昼の夢」（若草）、「返事」（早稲田文学）、「昭和十三年の文芸界―回答」（新潮）を発表。四月小説集『苦命』（砂子屋書房）を刊行。

昭和一四年（一九三九）　三九歳

一月、長男隆誕生。同じ一月には、創刊された「文学者」の同人となる。田辺茂一、岡田三郎らと編集にあたり、三月から一〇月まで「編輯後記」を執筆。「文学者」は、尾崎士郎、中村武羅夫、室生犀星、伊藤整、丹羽文雄、福田清人、尾崎一雄ら二三人で、一六年三月まで続いた。一一月に「歴史」の主人公のモデルであった佐倉強哉（妻雪の父）が死去。一月「睡い頭」「餞別」（いずれも新潮）、「勝手な手紙」（文学者）。二月「旅の空想」（博浪沙）。三月「一つの結末」（日本評論）。四月「流行、非流行」（文学者）。五月「室戸岬」（博浪沙）、「コツとは何ぞや」（月刊文章）。六月「一つの感想—純文学の再吟味」（新潮）、「素描風景」（月刊文章）。七月「旅行」（文筆）。八月「土佐人文記」（新潮）、「雑草」（日本評論）、「国策と文学者—座談会」（文学者）、「一週年の感想」（博浪沙）、「アンケート」（文学者）。九月「住宅難」「雲仙」（いずれも文学者）、「二本松少年隊について」（月刊文章）。一〇月「歴史・第二部」（文学者連載一五年一月まで）。一一月「岡田三郎選集—煙」（文学者）。一二月「昭和十四年の文学界—葉書回答」（新潮）を発表。二月短篇集『挿話』（赤塚書房）、長篇小説『歴史・第一部』（砂子屋書房）。五月創作集『生産地帯』（日本文学社）。一二月『土佐人文記』（金星堂）を刊行。

昭和一五年（一九四〇）　四〇歳

一〇月・次女克誕生。二月に「歴史」映画化（日活、内田吐夢監督、小杉勇主演）・映画コンクールで「歴史」入選、文部省推薦となる。三月五日長編小説「歴史」で第三回新潮文芸賞受賞。作家としての位置を確立した。六月一日より「歴史」を猿之助一座上演（帝劇）。六月一九日旧二本松藩主丹羽子爵から記念品（銀製莨入）を贈呈される。一二月一一日から一二日「歴史」市川八百蔵ラジオ放送（ＮＨＫ）。一月「現代作家の気質を語る―座談会」「東洋、その他」（いずれも文学者）。二月「帽子」（新潮）、「新年号創作短評―ハガキ回答」（文学者）、「節酒のこと」（博浪沙）、「雑文」（映画日本）、「時評」（青年外交協会、満州新聞、東京帝大新聞）、「槍騎兵」（朝日）。三月「日日」（文学者）、「時評」（世界週報）、「雑文」（映画の友、陸軍画報、報知）、「僕の人物評論―尾崎士郎」（現代）、「素描風景―短篇四十人集」（厚生閣）、「アンケート」（文芸）。四月「わび住居―近影一葉と」「歴史について及び略歴」（いずれも新潮）、「年月」（文春）、「好日」「満人作家と語る―座談会」（いずれも新潮）。五月「背景」（新潮）。六月「春扇」（都新聞連載六月一九日より・挿画硲伊之助）、「記代」（中央公論）、「美談」（日本評論）、「小説」（オール読物）、「随筆」（婦人公論）。七月「抗議非抗議」（文学者）。八月「現下の欧州の状勢とわが関心―ハガキ回答」（新潮）、「歴史―座談会」（文学者）、「徐州作戦」（陸軍画報）、「成吉思汗」（新潮）、「新体制と私」（読売）。九月「正直な話―同人雑記」（文学者）、「文学者として近衛内閣に要望す―ハガキ回答」（新潮）。一〇月「同人雑記」（文学者）、「働く母」（週刊朝日）、「自己革命の問題」（文春）。一一月「随筆」（現代）、「随筆」（相撲）。一二月「覚悟の肉体化―転換期における作家の覚悟」（新潮）、「国民文学とは何か」（文芸）、「碁の話」（博浪沙）を発表。二月長編小説『歴史・第二部』（砂子屋書房）。六月創作集『背景』（高山書院）、『歴史―第一部・第二部合本』（砂子屋書房）。七月市井もの短編集『女の愛情』（今日の問題社）。八月『生産地帯』（新館書房）。一〇月随筆集『文人囲碁会』（砂子屋書房）を刊行。

昭和一六年（一九四一）　四一歳

一二月、豊島区池袋に転居。三日後の一二月一八日徴用令状がきて、一二月二三日入隊。南方派遣軍に配属され、サイゴン、バンコック、ラングーンを転戦。その間一切原稿が書けなかった。二月二六日には「生産地帯」ラジオ放送（大阪放送局）があった。一月「山河」（文芸）、「老人」（新潮）、「街の物語」（若草連載六月まで）。二月「勝手な手紙」（文学者）、「明け暮れ」（日本評論）、「土佐百人衆」（サンデー毎日）、「早春」（現代）、「緑の門」（雄弁）。三月「一枚の絵」（婦人朝日）、「点滴」（中央公論）、「二月一日」（博浪沙）。四月「企業家」（文春連載六月まで）。五月「好日好夜」（新潮）、「田中正造」（現代）、「侠客」（モダン日本）、「尊き挿話」（講談倶楽部）、「野中兼山―少年向」（国民三年生）。六月「旧情」（オール読物）、「聖なる母」（婦人朝日）。七月「歴史小説の薄弱性」（文芸）、「旅」（知性）、「美しき画帖」（雄弁）。八月「天草の記」（日本評論）、「日常の記」（新女苑）、

「日々」（婦人公論）。一〇月「家」（文芸）、「市井譜」（サンデー毎日）。一一月「横町の人生」（現代）、「傷痍の人」（モダン日本）、「野中兼山」（大日本青年）、「風叫ぶ」（学芸新聞連載）を発表。二月『明け暮れ』（日本評論社）。四月長編小説『春扇』（新潮社）。五月『南国風物』（高山書院）。六月中短編集『遠い伝説』（人文書院）、『人間緑地』（昭森社）。九月中短編集『企業家』（小学館）、長編小説『天草』（河出書房）。一二月昭和名作選集『歴史』（新潮社）を刊行。

昭和一七年（一九四二）　四二歳

七月二七日陸軍航空隊の報道班員として戦記出版の命を受けて一時帰国。内地で講演中に発病。一一月日本医大病院入院。肝炎と診断される。一二月徴用解除。一月「武運」（同盟クラブ）。七月「一夜の飛行場」（改造）。九月「ビルマの朝」（新聞聯盟連載一二月まで）、「戦争と文学と道義」（東京日日二九日、一〇月一日）。一〇月「パコダの国」（新聞聯盟連載）、「一機還らず」（日本評論）を発表。三月『生産地帯』（報告社）。四月短編集『街の物語』（実業の日本）。五月『風叫ぶ』（報告社）。一一月『空航かば』（三省堂）を刊行。

昭和一八年（一九四三）　四三歳

九月、次男襄誕生。一月「航空部隊」（読売連載）、「武魂」「戦争と作家―座談会」（いずれも文芸）、「小説」（オール読物）（新太陽）。二月「傑作―の感銘」（文芸日本）。三月

「文化的色彩に就いて―南方圏文化工作私見」（新潮）。五月「加藤戦闘機隊長」（読売）。七月「特派員」（新潮）。八月「警備兵―辻小説集」（日本文学報告会）。一〇月「輸送班」（日本評論）、「南方記」（文芸日本）。一一月「一億国民戦闘配置に付け！―諸家回答」（新潮）。一二月「アンケート」（文芸）を発表。六月戦争記行小説『ビルマの朝』（今日の問題社）。九月『一機還らず』（偕成社）を刊行。

昭和一九年（一九四四）　四四歳

三月、福嶋県二本松に疎開。八月に福島県安達郡岳下村西谷に転居。一月「徳田先生と私」（新潮）、「疎開」（読売）。二月「正月」（文芸日本）。四月「時評」（時局日本）、「此処は将来も生活の根拠―福島」（文学報国）。六月「平山常陳」（文芸日本）、「山田長政―少年向」（みなみ社）。九月「新生南方記」（文学報国）、「時評」（朝日）。一一月「ルピアの兄弟」（少女の友）を発表。九月『航空部隊』（実業の日本）を刊行。

昭和二〇年（一九四五）　四五歳

一月「疎開雑感―放送」（郡山放送局）。二月「兎」（新太陽）、「雄図」（征旗）。三月「戦時日記抄―疎開文学者山村日記」（文学報国）。一〇月「小説」（週刊朝日）（月刊東北）に発表。

昭和二一年（一九四六）　四六歳

一一月一三日、福島県二本松町西一ノ丁七八に転居。一月「思い出」(オール読物)。三月「時評」(東北文芸)。四月「一寸法師」(モダン日本)、「小説」(週刊東北)。五月「山村記」(文芸)、「東北文庫」(新岩手日報)、「せんてつ」(仙台鉄道局)。六月「女ふたり」(キング)。七月「大人の絵本—雀の宿」(小説と読物)。九月「再会」(小説と読物)。一〇月「思い出」(オール読物)。一二月「怪談」(東北文学)を発表。九月短編集『女の愛情』(築地出版社)を刊行。

昭和二二年(一九四七) 四七歳

一月、敗戦後の体験記「私は生きてゐた」(萬里閣)を刊行したが、総指令部の検閲を受けて以来、創作意欲を失い、健康を害したこともあってその後数年間失意の状態で過ごした。一一月二二日、疎開先の福島県二本松より東京に単身で戻る。豊島区西巣鴨一—三二七七西巣鴨荘六号館。一月「福島事件—歴史第三部として」(福島民友新聞連載吉井忠挿画)、「女たち」(小説と読物)。四月「散歩」(文明)、「ある女」(にっぽん)。五月「女の復讐」(オール読物)。六月「夢去りぬ」(ロマンス)。七月「田舎町」(ホープ)、「出発」(小説と読物)、「自分のこと」(ニューライフ)、「随筆」(月刊富山)(月刊高知)。一〇月「幸福の秤」(にっぽん)、「命ありて」(ロマンス)、「日暮れの山道」(娯楽文庫)。一一月「ある運命」(婦人生活)、「ピアノを弾く女」(中部日本)、「時評」(時事新報)、「夜道」

（風報）。一二月「城下町」（群像）、「月一つ」（キング）、「夜空」（新生）、「二本松—少年隊」（小年読売）を発表。七月『女ふたり』（紀元社）を刊行。

昭和二三年（一九四八）　四八歳

四月一七日、疎開地を離れた記念として、宗像喜代治「戦争と抒情」に榊山潤賞を贈る。五月六日豊島区西巣鴨二ー二四五六にバラックを建てて家族を呼び寄せて住む。一月「田舎雑記」（再建）、「時評」（トップライト）。二月「小説」（中日）。三月「人情」（キング）、「春」（作家）。四月「蜂」（群像）、「花唇」（キング）。六月「時評」（読売）（中日）（京都日日）、「随筆」（たばこ新聞はらから）。八月「五稜郭落つ」（小説クラブ）、「秋風と共に」（講談倶楽部）。一〇月「若い女」（オール読物）、「男同志」（日本の窓海外版）を発表。一月短編集『女風俗』（新潟日報社）を刊行。

昭和二四年（一九四九）　四九歳

一月「吉良上野」（キング）、「影と共に」（婦人朝日）。四月「女と浮浪児」（日本文庫）。五月「東京二十五年」（日本文庫）、「忘れた女」（中部日本）。六月「恋がたき」（講談倶楽部）、「埃と雑踏」（報知）。八月「籤」（新小説）、「心の宝石箱」（婦人生活）、「児童調査員」（報知）。一〇月「航空基地」（東北文学）、「時評」（農業新聞連載二二日より一〇回）。一二月「生きていた吉良上野」（小説と読物）、「山本五十六」（小説サロン）、「天草四郎—少年向」（東光少年連載）を発表。一〇月『果てなき汐路―少女小説』（偕成社）を刊行。

昭和二五年（一九五〇）　五〇歳

二月「望郷」（風雪）。四月「小説」（真実）（家族生活）。七月「姉妹」（婦人クラブ）。一〇月「かって危念なし―アンケート」（玉饌）、不祥「虎浪の町」「元禄快挙録」（いずれも面白クラブ）、「嵐の中の女」「その夜の七之丞」「艶将伝」（いずれも宝石クラブ）を発表。

昭和二六年（一九五一）　五一歳

二月「妄想」（小説新潮）、「女の過失」（小説の泉）。三月「愛の山河」（ラッキー）。五月「奇怪な觸手」（キング）、「未亡人」（小説新潮）。七月「假装の男」（ラッキー）。八月「賭碁」（小説公園）。九月「お化けの話」（地上）、「私刑と女子寮」（小説新潮別冊）。一二月「結婚まで」（ラッキー）、「開墾地」（農村）を発表。七月『少年は訴える』（春歩堂）。八月『歴史―全』（春歩堂）を刊行。

昭和二七年（一九五二）　五二歳

一月「ちぐはぐ人生」（小説公園）、「警察予備隊」（地上）。二月「落城挽歌」（千一夜）。四月「落城余話」（小説朝日）、「その一つのもの」（小説新潮別冊）。五月「東条英機」（人生倶楽部）。七月「贋造紙幣」（小説公園）、「天草四郎―少年向」（東光少年連載）、「碁の観戦記―蒲郡」（毎日本因坊戦以後継続）。九月「鬼ケ島―昔話」（婦人朝日）、「縦に見た

三十八度線・貴族政治への抗争―源平合戦」（改造）。十月「吉良義央」（人物往来）、「一寸法師―昔話」（婦人朝日）、「徳田秋声」（小説朝日）。一一月「サル蟹合戦―昔話」（婦人朝日）。「碁の観戦記―修善寺」（毎日本因坊戦）を発表。二月『石原完爾』（湊書房）を刊行。一一月日本文学大系『街の物語』（河出書房）収録。

昭和二八年（一九五三）　五三歳

この年創刊の「文芸日本」同人となる。同人に牧野吉晴、中谷孝雄、浅野晃、富沢有為男、外村繁、大鹿卓、水谷清らがいた。また、文壇本因坊となり、その後四五年まで連続して地位を獲保。新聞観戦記の常連執筆者として活躍。一月「徳川家康」（人物往来連載八回）、「文芸日本月評―半年間」（文芸日本）。三月「日本のユダ」（文芸日本）、「課長の失敗」（ラッキー）。四月「石原と東条」（ニューエイジ）、「当代おけら族」（南旺出版）、「明日は日本晴れ―少年向」（少年画報二カ月連載）、「嘆きの街」（大東通信より地方紙連載小説）、「小栗栖の鷹―明智光秀」（大系杜より高知、大阪日日、防長、岩手、函館、岐阜タイムス、北海道各新聞連載小説）。五月「碁の観戦記―青梅」（毎日本因坊戦）。六月「碁の観戦記―紀州白浜」（毎日本因坊戦）、「碁放送―岩本薫、本田幸子と共に」。一二月「私小説と読者」（東京）、「空想部落―尾崎士郎」（角川書店）を発表。

昭和二九年（一九五四）　五四歳

五月「文壇強豪伝」（囲碁世界）。六月「碁の観戦記―河口湖」（毎日本因坊戦）。七月「自由市民」（風報）、「碁の観戦記―京都」（毎日本因坊戦）。九月「近代文明の終末―座談会」（文芸日本）。一〇月「昔の友達」（地上）。一一月「朝の訪問」（放送）を発表。八月『歴史』（春歩堂）。一一月『石原完爾』（玄々社）を刊行。

昭和三〇年（一九五五）　五五歳

この年、同人誌「文芸日本」の編集責任者になると共に、再び歴史小説に目を向ける。一月「日本は野蛮国か―座談会」（文芸日本）。三月「人物評」（日経）、「娘に与える」（婦人朝日）。五月「碁の観戦記―新潟」（毎日本因坊）、「毛利元就」（中国新聞連載挿画鈴木朱雀）。七月「色ざんげ」（笑の泉）。九月「小説」（小説公園）。一一月「二週間」（小説公園）、「愚痴の下から戦争の芽生え」（日本週報）。一二月「池袋歳末風景」（東京）を発表。一〇月『戦国艶将伝』（高山書院）。一一月『明智光秀』（河出書房）。一二月『歴史・天の巻』（高山書院）を刊行。

昭和三一年（一九五六）　五六歳

一月「投書作文の選と講評」（婦人朝日半年間）。二月「岳温泉」（自由国民）、「花の少年隊」（面白クラブ）。三月「延命院と女太夫」（お伽読本）、「将軍の掟」（講談倶楽部別冊）。四月「金沢城下」（風報）。五月「妻を殺した徳川家康の秘密」（歴史読本）。六月「常盤御前」(小説公園)、「碁の観戦記—名古屋」(毎日本因坊戦)。七月「明智光秀—本能寺謀叛の真因」(歴史読本)。八月「思い出のアルパム—写真と」(東京)、「支倉文右衛門」(人物往来)、「武将と碁」(文芸)。一〇月「禁じられた女の歴史」(人物往来)、「秘話・切支丹と仏教の対決」(歴史読本)。一二月「勝一法師—元就の影武者」(人物往来)、「書かれざる女の歴史」(歴史読本)を発表。

昭和三二年(一九五七) 五七歳

一月「思い出の湯」(温泉)。二月「名将毛利元就と謎の琵琶法師」(歴史読本)。三月「天皇家三代の愛人・額田王」(歴史読本)、「吉田甲子太郎のこと」(小説新潮)、「人は何によって生きるか」(笑の泉)。四月「雑種」(風報)。六月「馬込旧情」(笑の泉)。七月「現代の表情」(東京)。八月「奇怪な切支丹宗徒の殉教精神」(歴史読本)、「物語日本史・源氏—少年向」(学研)、「歩いている女」(河北新聞連載)、「乱世の人・毛利元就後篇」(大系社)、「碁の観戦記—愛知三谷」(毎日本因坊戦)を発表。一月『毛利元就』(東京文芸杜)を刊行。一月現代日本小説大系『街の物語』(河出書房)収録。

昭和三三年(一九五八) 五八歳

一月「実説天一坊事件の正体」(歴史読本)。二月「中学二年コース—少年向物連載」(学研)、「新坐陰談叢」(囲碁クラブ五回)、「報告—牧野吉晴追悼」(文芸日本)。四月「毛利

元就・背水の厳島合戦」（歴史読本）、「犬と人間」（墨の落書）。六月「碁の観戦記―大阪（毎日本因坊戦）。九月「日本のスリラー古城譚」（歴史読本）。一〇月「下級な胃の腑」（食生活）。二月「老獪な演技派・伊達政宗」（歴史読本）、「わが家の動物」（風報）を発表。三月『街の物語』（筑摩書房昭和小説集2）。六月『名将言行録・源平南北朝』（河出書房）。七月『名将言行録・戦国風雲時代』（河出書房）。八月『歩いている女』（講談社）。一二月『乱世の人』（東京文芸社）、『築山殿行状』（文祥社）を刊行。

昭和三四年（一九五九）　五九歳

一月「囲碁解説」（西日本、中部、北海道各新聞社に毎日）。三月「ユーモア戦国変人録」（歴史読本）。四月「時の流れ」（文芸日本連載）、「清潔な生活―大鹿卓」（文芸日本）。六月「毛利元就・尼子の大森銀山争奪戦」（歴史読本）、「制度の崩壊」（産経）、「制度の崩壊」（図書新聞）。七月「碁の観戦記―有馬温泉」（毎日本因坊戦）。八月「謀略時代」（時の課題連載）。九月「戦国非情・毛利・尼子の変死」（歴史読本）。一〇月「インコとカナリヤ」（風報）。一一月「人肉を食う生地獄―鳥取籠城」（歴史読本）。一二月「生きていた吉良上野」（宝石）、「田舎武士の目―日本歴史明治維新」（読売）を発表。八月『囲碁談義』（五月書房）を刊行。

昭和三五年（一九六〇）　六〇歳

一月「小心な叛逆者光秀の悲劇」（歴史読本）。五月「雑誌を辞める」（風報）。六月「警官という名の敵役」（時の課題）。七月「人殺しとデモ隊」（時の課題）。八月「豊臣秀吉を脅かした女の亡霊」（歴史読本）、「政治屋さんひしめく」（時の課題）。九月「秀吉と秀次」（宝石）、「家康と築山殿」（宝石別冊）、「男と女の伝説」（笑の泉）。一一月「市井に埋もれた無名剣客物語」（歴史読本）、「久米の仙人」（宝石）。一二月「犬のお産」（墨の落書）、「暗殺王国日本」（時の課題）、「碁の観戦記」（高川本因坊呉清源対局）を発表。二月『現代人の日本史一一・応仁の乱』（河出書房）。一〇月『碁がたき』（南北社）を刊行。

昭和三六年（一九六一）　六一歳

五月、同人誌「円卓」（月刊・人物往来杜）の編集責任者となり、新人・中堅の創作、評論の発表の場を作り、その育成に努める。自らも「創刊の言葉―乱世の筋金」を執筆。一月「邪宗立川真言」（講談クラブ）。二月「衆道相手に倒れた大内義隆」（歴史読本）、「村松梢風追悼記」（東京）（産経）、「年寄りのモデル」（笑の泉）。三月「弁慶」（中学二年連載）。四月「妖怪出没する室町の暗黒時代」（歴史読本）。五月「若い人」（風報）。六月「ちっぱけな同僚の結婚」（婦人公論）、「ビルマ日記」（円卓連載三八年三月まで二〇回）。七月「山中鹿之助の山賊兵団」（歴史読本）。一〇月「細川勝元」（東京）。一一月「読書のたのしみ」（毎日）、「死は突然に来る―外村繁追悼」（春の日）を発表。三月『歴史文学への招待』（尾崎秀樹と編輯・南北社）。八月『現代人の日本史一二・戦国の群雄』（河出書房）を刊行。

昭和三七年（一九六二）　六二歳

この年の九月から、「円卓」は（南北社）刊となる。一月「徳川の汚職重役・田沼親子」（歴史読本）、「新春清談―尾崎士郎、藤浦洸と共にテレビ放送」（日本テレビ）。三月「黄金と美女に埋まる大名」（歴史読本）。四月「町裏住まい」（東京）。五月「わが小説・歴史」（朝日）。六月「名門―大森光章著序にかえて」（南北社）。七月「古本屋の話」（風報）。一〇月「友も一種の宿命」（日経）、「くだものはカキ」（中日）、「三十七年代表作時代小説評―面白くなった」（日本読書新聞）。一一月「西郷隆盛―小西四郎、大久保利謙と共にテレビ放送」（NHK）を発表。六月『古戦場』（人物往来）、『わが小説』（雪華社）を刊行。八月『歴史小説の旅』収録。一〇月囲碁随筆『碁がたき』（南北社）、一一月『碁苦楽』（南北社）を刊行。随筆全集『閑』（筑摩書房）収録。

昭和三八年（一九六三）　六三歳

二月「坊主頭の色事師―大友宗麟」（歴史読本）。五月「戦国軍法実戦に花ひらく」（歴史読本）、「現代人の日本史・戦国から―信玄、山中鹿之介―朗読放送」（NHK）。七月「風雪・徳川家康」（歴史読本）、「浮気の決議」（東京）、「わが唖蝉坊」（円卓連載一一月まで）。

一〇月「開戦の日」(潮)、「限りなき脱出・山中鹿之介」(歴史読本)、「大友宗麟」(東京)を発表。三月『現代人の日本史一八・明治維新』(河出書房)。七月『ビルマ日記』(南北社)を刊行。

昭和三九年(一九六四)　六四歳

一月「私は無邪気を恥じない」(円卓)。二月「尾崎士郎の思い出」(東京)、「ガンとの戦い」(朝日)。四月「幕末維新の人々シリーズ・高杉晋作」(東京)。五月「緒方洪庵」、「岩瀬忠震」(いずれも東京)。六月「佐久間象山」、「大隈重信」、「小説四六年―尾崎士郎著」(いずれも東京)。七月「おかしな手紙」(円卓)、「争乱の果て・義朝の孤立」(歴史読本)、「八度目の文壇本因坊になって」(毎日)。八月「再び手紙のこと」(円卓)。九月「私の四谷怪談」(円卓連載四三年三月まで)。一一月「巨大な反逆者・足利尊氏」(歴史読本)、「堀出し物」(毎日)。一二月「二・二六事件」(潮)、「文学とところどころ」(東京)を発表。六月『武将と囲碁』(人物往来社)。七月『長崎の港』(南北社)を刊行。

昭和四〇年(一九六五)　六五歳

四月「円卓」が一般誌となる。三月第一回「円卓賞」に、萩原葉子「木馬館」が決定。一月「由井正雪」(時の課題連載)、「松浦党」(産経)。二月「海賊松浦党―呼子重雄」(産経)、「生命の危機」(東京)、「締め出し」(素面)、「不良老人会」(笑の泉)。三月「謀叛と純忠の間・柴田勝家」（歴史読本）。四月「碁の観戦記—二見が浦」（毎日本因坊戦）、「歴史ブームと大衆—放送」（NHK）。六月「二つの戦史から・日本の合戦—人物往来社」、「二つの戦史から・日本の戦史—徳間書房」（いずれも読売）。七月「美談の将軍」（歴史読本）、「尾崎士郎のこと」（文芸）、「ある場合」（PHP）。八月「その前夜」（円卓連載四一年二月まで）。九月「南北社新鋭創作叢書一一・藪ふみ鳴らし—金子きみ著序に代えて」（南北社）、「ダガバジジンギヂ物語—高橋新吉著」（読書人）、「あっぱれ林海峯」（読売）、「私の好きなうまいもの屋と散歩道」（世界のショー）を発表。九月『囲碁談義』（鷺宮書房）を刊行。一〇月戦争の文学『ビルマ日記』（東都書房）収録。

昭和四一年（一九六六）　六六歳

四月第二回「円卓賞」に、財部鳥子「いつも見る死」吉行理恵「私は冬枯れの海にいます」が決定。三月「頼朝命乞い」（歴史読本）。七月「紅の宴・嘉吉の乱」（歴史読本）、「絵巻と肖像」（南北）。八月「将門記—大岡昇平著」（東京）、「主計大尉小泉信吉—小泉信三著」（北海道）、「メスの狸」（素面）。九月「日本歴史シリーズ・王朝貴族源義家」（世界文化社）。一二月「知られざる軍資金」（歴史読本）、「歴史の証人・本能寺の変—テレビ放送」（テレビ東京）を発表。

昭和四二年（一九六七）　六七歳

五月「日本歴史シリーズ・南北朝後醍醐天皇」、「同シリーズ・開国と攘夷新撰組」、「同シリーズ・幕末新撰組」（いずれも世界文化社）、「かくれキリシタン・片岡弥吉」（東京）、「島原の乱・助野健太郎」（産経）、「将棋水滸伝・藤沢桓夫」（日経）、「昭和の碁・江崎誠致」（東京）、「第二の拠点・会津鶴ヶ城物語」（会津市）、「碁の観戦記—伊東」（毎日本因坊戦）。七月「持参金殿様」（歴史読本）。八月「日本の人物像・戦国の英雄山中鹿之介」（筑摩書房）。一一月「破られぬ誓紙・毛利元就」（歴史読本）、「毛利元就」（人物往来）、「グラバー」（桜菊）、「物語日本史・源平時代—少年向」（学研）を発表。八月『日中囲碁盛衰史』（勁草書房）を刊行。

昭和四三年（一九六八）　六八歳

一月「巨大な叛逆者・足利尊氏—乱世の武将」（筑摩書房）。二月「猫」（日経）、「猫との対話—渡部義通著」（日経）。三月「老人」（産経）、「近藤勇と京都」（月刊旅行）。五月「碁の観戦記—湯ノ山」（毎日本因坊戦）。六月「乱脈のきずな」（歴史読本）。七月「天の時、地の時、人の和」（潮）、「北海道屯田兵」（月刊旅行）。九月「日本の歴史・明治維新田舎武士の目」（読売）。一二月「明治元年の偶像・西郷隆盛」（歴史読本）を発表。四月現代教養文庫『囲碁明言集』（社会思想社）を刊行。

昭和四四年（一九六九）　六九歳

二月「念記―佐々木味津三遺文集・落葉」（佐々木味津三遺作管理委員会）。四月「碁の観戦記―姫路」（毎日本因坊戦）。六月「松平容保と新撰組」（歴史読本）、「田崎早雲・勤皇画家という虚像―明治の群像乱世の庶民」（三一書房）。七月「京都の守護者たち」（歴史読本）を発表。

昭和四五年（一九七〇）　七〇歳

五月「近説」（朝日）、「碁の観戦記―島原」（毎日本因坊戦）。六月「葦名家の古戦場」（歴史読本）、「ワイドカラー日本・北陸―倶利加羅峠と木曽義仲」（世界文化社）。一一月「ワイドカラー日本・東北東部―会津の悲劇」（世界文化社）、「教経」（太陽）を発表。一二月『馬込文士村』（東都書房）を刊行。

昭和四六年（一九七一）　七一歳

一月「人に歴史あり・藤浦洸―藤原義江、佐伯孝夫と共にテレビ放映」（テレビ東京）。二月「能登殿御最後は軍記物語のフィクションか」（太陽）。「今は昔、文士村の気概・馬込村」（読売）（大阪読売）。三月「ワイドカラー日本・山陰―名和長年と船上山」（世界文化社）。五月「消える巣鴨プリズン」（新潟日報）、「碁の観戦記―湯田」（毎日本因坊戦）、「木村義雄と共に講演―盛岡」（岩手日報）。六月「明治人の記録―柴五郎」（今日の日本）。一〇月「太閤」（太陽）。一二月「田中貢太郎集―月報」（講談社）、「大菩薩峠―月報」（筑摩書房）を発表。

昭和四七年（一九七二）　七二歳

七月、東京都豊島区東池袋から横浜市金沢区富岡町一二六番地に転居。挨拶状に「あと二～三年仕事をして死にたい」とある。一月「文士碁の歴史」（棋道連載）。三月「消える巣鴨プリズン」（地方新聞五紙）。四月「石と石垣」（河北新報）。五月「時評」（電波新聞）、「碁の観戦記―湯ノ山」（毎日本因坊戦）。六月「時評」（電波新聞）を発表。一一月『日本の歴史・戦国の世―武将逸話集』（研秀出版）を刊行。

昭和四八年（一九七三）　七三歳

この年七月、続けてきた碁の観戦記の解説を辞す。（西日本、中部、北海道の各紙）四月「大仕事に張切る」、「海は死んだ」（いずれも朝日）。七月「伊達政宗―日本の伝説・東北」（山田書院）。一〇月「榎本武揚と勝海舟」（歴史読本）、「西南の役」（文春）。不祥「柔道じゃない」「政治家とうそ」「愚かな会話」（いずれも電波新聞）を発表。

昭和四九年（一九七四）　七四歳

一〇月「下剋上の武将群像―人物探訪日本の歴史・戦国の武将―桑田忠親と対談」（暁教育図書）。不祥「歴史人物叢書―吉良義央」「同―毛利元就」（いずれも暁教育図書）を発表。

昭和五〇年（一九七五）　七五歳

九月「岩魚―小田淳著推薦文」（叢文社）。一二月「素盞鳴尊」（歴史と旅）、「ビルマ航空記」（中央公論）。不祥「碁の話」（電波新聞）を発表。五月『新名将言行録―戦国時代』（講談社）。七月『新名将言行録―幕末維新』（講談社）。一〇月『新名将言行録―続幕末維新』（講談社）を刊行。

昭和五一年（一九七六）　七六歳

三月「千利休―人物日本の歴史・桃山の栄光」（小学館）、「石になった顔―牧野信一文学碑記念誌さくらの花びら」（牧野信一の文学碑を建てる会）。八月「凍路の軌跡―赤嶋秀雄著推薦文」（叢文社）を発表。一一月『新名将言行録―続戦国時代』（講談社）を刊行。

昭和五二年（一九七七）　七七歳

この年完成した「新名将言行録」は、史伝文学へ到達したものと評価されたが、心血を注ぎ消耗した体力はなかなか回復しない状態にあった。四月「三浦一族」（歴史と旅）、「神奈川県の女」（朝日）、「白い花の祭り―平丘耕一郎著推薦文」（審美社）。五月「私は怒っている」（エール社）、「にっぽんの女―神奈川」（日本農業新聞）、「九鬼嘉隆―尾崎秀樹と対談」（ラメール）。六月「海の幸」（電波新聞）。九月「中国の帽子」（電波新聞）。一二月「堀内伝右衛門」（歴史と旅）。不祥「義家と安倍一族」（ロマンの旅・東北）、「高野長英」

「金閣と銀閣―日本の歴史」（いずれも山田書院）、「山中鹿之介―日本史の人物像・戦国の英雄」「巨大な叛逆者足利尊氏―日本史の人物像・乱世の武将」（いずれも筑摩書房）、「江戸の開府・家康の数奇なブレーン大久保長安」（学研）を発表。八月『新名将言行録―源平〜室町』（講談社）を刊行。

昭和五三年（一九七八）　七八歳

二月一〇日、浅野春枝、芦野清太、伊藤桂一、伊藤太文、梅本育子、小田淳、尾崎秀樹、大竹延、大野文吉、大森光章、金子きみ、木川とし子、駒田信二、斎藤葉津、柴田芳見、葉山修平、萩原葉子、林青悟、林富士馬、平丘耕一郎、蛭田一男、松村肇、三浦佐久子らに激励され、「榊の会」が発足。五月「魔術の時代―説話文学の世界第一集」（笠間書院）。七月「キリシタン屋敷」（歴史と旅）。九月「五十年前の酒代」（電波新聞）。一一月「医者のいろいろ」（電波新聞）を発表。

昭和五四年（一九七九）　七九歳

五月、丹沢湖畔で「榊の会」を行う計画をたてたが、健康がすぐれず延期。五月国立西所沢病院に精密検査のため入院。二月「倶利加羅峠」（歴史と旅）。三月「九鬼・戦国に生きる水軍総師―尾崎秀樹との対談」（ＴＢＳブリタニカ）、「消えた馬込文士村―藤浦洸死去」（読売）、「火事ドロ」（電波新聞）を発表。

昭和五五年（一九八〇）　八〇歳

六月、「榊の会」で激励を受けて健康に復するかに思えたが、再び体力の衰えが目立ち回復せず、一進一退の状態が続き、九月九日午後七時五分、横浜市金沢区富岡町一一二六番地富岡シーサイドコーポH棟二〇五号の自宅で死去。七九歳一〇か月であった。九月一〇日通夜、九月一一日告別式、葬儀委員長林富士馬、弔辞日本文芸家協会常務理事伊藤桂一、友人代表赤嶋秀雄、進行小田淳で行われた。法名釋源覚。墓地富士霊園。二月「英雄裁判―永井路子、尾崎秀樹と対談」（徳間書房）。三月「ある男の話」（電波新聞）を発表。五月『信長公記上・下―原本現代訳』（教育社）を刊行。一月『五陵郭落つ―北海道文学全集第一二巻・北辺の勧照』（立風書房）収録。

昭和五六年（一九八一）

五月『川中島五箇庄合戦記―原本現代訳』（教育社）を刊行。

昭和五七年（一九八二）

八月『毛利元就』（叢文社）を刊行。

昭和五八年（一九八三）

一月『歴史・みちのく二本松落城』（叢文社）。二月『毛利元就・続』（叢文社）。七月『明智光秀』（叢文社）。九月時代小説文庫『毛利元就・続一～三』（富士見書房）一〇月時代小説文庫『毛利元就・続四〜五』（富士見書房）。一一月『天草』（叢文社）を刊行。

昭和五九年（一九八四）

一一月講談社文庫『新名将言行録・源平時代』『新名将言行録・戦国時代』（いずれも講談社）。一二月講談社文庫『新名将言行録・戦国時代二』『新名将言行録・室町時代』（いずれも講談社）を刊行。

昭和六〇年（一九八五）

一月講談社文庫『新名将言行録・幕末維新一』『新名将言行録・幕末維新二』（いずれも講談社）。二月講談社文庫『新名将言行録・幕末維新三』（講談社）を刊行。『碁がたき—ふくしま文学第三巻随筆』（福島民報社）収録。

昭和六一年（一九八六）

四月時代小説文庫『明智光秀』（富士見書房）を刊行。

昭和六二年（一九八七）

二月時代小説文庫『戦国無情・築山殿行状』（富士見書房）。五月時代小説文庫『戦国艶将伝』（富士見書房）を刊行。

昭和六三年（一九八八）

九月大陸文庫『天草』（大陸書房）を刊行。一二月『南蛮絵師異聞—昭和の時代小説五十篇』(文春)収録。

平成元年(一九八九)

一〇月『小野小町―小説新潮』(新潮社)・一二月『堀内伝右衛門―忠臣蔵傑作コレクション列伝篇』(河出書房新社)収録。

平成二年(一九九〇)

一月時代小説文庫『歴史・上』(富士見書房)。二月時代小説文庫『歴史・下』(富士見書房)を刊行。

著者／小田　淳（おだ　じゅん）
本名　杉本茂雄。昭和５年神奈川県生
日本文芸家協会会員
日本ペンクラブ会員
大衆文学研究会会員
電電時代賞受賞
著書に『岩魚』『山女魚』『釣り師』『名竿』『カーンバックサーモン』『鮎師』『鮎』『岩魚の渓谷』『元禄釣り侍』『江戸釣術秘伝』等。
現住所　神奈川県小田原市早川3-6-3

歴史作家　榊山潤

発　行　二〇〇二年八月一日　第一刷

著　者／小田　淳
発行人／伊藤太文
発行元／株式会社叢文社
東京都文京区春日二—一〇—一五
〒一一二—〇〇〇三
電話　０３（３８１５）４００１

印刷・製本／公和印刷株式会社

定価はカバーに表示してあります
乱丁・落丁はお取り替えいたします

ISBN4-7947-0405-4